LA GUERRE DE L'ALPHA

RENEE ROSE

LEE SAVINO

Traduction par
MARINA HAVEN
édité par
ELLE DEBEAUVAIS

Midnight
ROMANCE

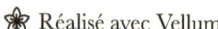

Abonnez-vous à la newsletter de Renee

Abonnez-vous à la newsletter de Renee pour recevoir livre gratuit, des scènes bonus gratuites et pour être averti·e de ses nouvelles parutions !

https://BookHip.com/QQAPBW

CHAPITRE UN

Denali

Je rêve encore de lui la nuit.

Sa voix profonde et rauque. Son autorité tranquille, même s'il était prisonnier. Le gonflement impressionnant de ses muscles quand il bougeait. Lorsqu'il tremblait et transpirait au-dessus de moi pendant que son érection épaisse m'emplissait, me donnait du plaisir.

Parfois, je pourrais jurer que je sens la douceur de son contact juste avant de me réveiller. Mais j'entends aussi toujours sa voix dans mes cauchemars. Le rugissement d'un lion qui souffre.

Denali, je viens te chercher.

Je me réveille en sursaut dans le lit en cherchant de l'air. Ce n'était qu'un rêve. *Un rêve, un rêve, un rêve.* Un autre rêve.

Ce n'est pas réel.

Pas besoin de psy pour savoir ce qu'il signifie.

Je repousse les souvenirs du lion qui m'a marquée, ignore le nœud familier dans le creux de mon ventre.

Nash.

A-t-il réussi à s'échapper ? Ou est-il mort et est-ce son fantôme qui me rend visite la nuit ?

La culpabilité de ne jamais être retournée là-bas pour essayer de le sauver disparaîtra-t-elle un jour ? J'en doute.

Je repousse la couverture et me dirige en silence jusqu'à la cuisine, en prenant soin de ne pas faire de bruit pour ne pas réveiller Nolan.

Je fais couler du café et salue par la fenêtre Mme Davenfield, ma corpulente voisine et propriétaire, qui est déjà debout et arrache les mauvaises herbes dans son jardin. C'est elle qui m'a convaincue de m'installer ici.

Après m'être échappée, je suis restée discrète. Je n'ai accepté que des emplois non déclarés, des travaux de jardinage et dans les champs. Je me suis retrouvée à Temecula, une région vinicole, pour travailler dans les vignes pendant la saison de la récolte.

Mme Davenfield était prête à me louer la maisonnette sur sa propriété et à recevoir les paiements en liquide. Dès qu'elle a posé les yeux sur mon ventre rond, elle a décidé que je devais fuir un mari violent. Je ne l'ai jamais contredite, parce qu'elle a l'air d'adorer les histoires dramatiques et que ça lui donne l'impression de garder mon secret. Et parce que j'avais besoin de son aide.

En un sens, je fuyais bien la violence, même si ce n'était pas celle qu'elle imaginait. Je ne cherchais pas à échapper au père de mon bébé.

Non. Le père de Nolan est la seule part de ma terrible épreuve qui valait la peine que je m'en souvienne. J'imagine que c'est pour ça qu'il me hante le plus.

Parce que je me suis échappée.

Et que je l'ai laissé moisir là-bas.

〜

Une lumière froide. Une lumière grise. Des hurlements emplissent mes oreilles.

Les murs en béton ne changent jamais, pourtant ils se rapprochent la nuit. Même si mon lion peut voir dans le noir, ça ne veut pas dire que la nuit ne m'affecte pas. Je sais toujours quand le soleil se couche.

Et ces hurlements.

J'ignore s'ils sont réels ou si je les imagine. J'ai tué tant de gens. Leurs cris sont ma pénitence. Éveillé ou endormi, c'est toujours la même chose. Ma vie est un cauchemar sans fin.

Quelque part, quelqu'un chante.

« Quand l'Irlande sourit… »

La faible lumière du jour éclaire mon visage. Je suis dans un lit, pas sur un lit de camp. Les murs ne sont plus en béton, mais d'un blanc sale, et fins comme des feuilles de papier. J'entends des murmures dans le salon en plus de l'Irlandais qui gueule. Les sons glissent sur moi et mes muscles noués se détendent.

Ma vue, qui était encadrée de rouge, redevient nette lorsque mon lion rentre en moi. Je suis dans une chambre, pas dans une cellule avec des gardes sur le point d'entrer. Mais mon animal est prêt à se battre. Il l'est toujours. Des années de mauvais traitements l'ont brisé de manière permanente.

La sueur a trempé mon drap. Encore une mauvaise nuit pleine de rêves dans lesquels je suis enfermé dans une cellule. Ou de flashbacks. Mais par moments, les songes paraissent plus réels.

Je me force à me lever et fais le lit avec une précision militaire, comme je l'ai fait chaque foutu matin depuis la première semaine du camp d'entraînement. « Un homme peut quitter l'armée, mais l'armée ne peut pas quitter un homme », avait l'habitude de nous dire notre instructeur. Il avait raison. Mais je me demande parfois si je pourrais faire en sorte que le tueur quitte mon lion.

Dès que j'ouvre la porte de ma chambre, le chant s'arrête.

« Nash ? » Une tête apparaît dans le couloir.

« Qu'est-ce que vous foutez ici ? » Je foudroie le métamorphe du regard, son visage juvénile tranchant avec ses cheveux prématurément grisonnants.

Parker hausse les épaules et recule pour me laisser entrer dans le salon. « Je me suis fait virer de mon appart. Ils ont vu mon animal courir autour de l'immeuble et ils m'ont dit *pas d'animaux domestiques*. Et puis, tu as une chambre d'amis. »

N'ayant rien à répondre à ce dernier commentaire, je me tourne vers les deux autres intrus affalés sur le canapé élimé. Deux hommes, l'un avec des cheveux noirs et une bouteille de tord-boyaux à la main, l'autre plus grand que nous tous et trop maigre. Le grand porte des lunettes et cligne constamment des yeux. Le brun esquisse un sourire.

« Je vous avais dit de pas venir ici, dis-je sans m'adresser à personne en particulier.

— C'est plus grand chez toi », proteste Parker en cachant un petit sourire. Pendant un instant, j'envisage de l'effacer de sa figure puis de l'utiliser pour essuyer le sol. Mais non. C'est mon agent. Si je le tue, qui organisera mes combats ? Démolir régulièrement un adversaire est la seule chose qui maintient mon animal en vie.

« Hé. » Je pointe du doigt le brun, qui ouvre une bouteille avec une étiquette à l'écriture manuscrite illisible. « C'est quoi, ce truc ? Ça schlingue, on dirait du décapant.

— Ça ? Oh, un petit remède maison contre la gueule de bois. On a passé une bonne soirée à boire hier. Ça nous remettra d'aplomb direct. » Je remarque son accent irlandais et mon cerveau se souvient d'un nom. *Declan.* Un métamorphe, je ne sais pas quel animal. Il sent un peu comme un loup et un peu comme… autre chose. Un mélange métamorphe, un produit des expériences dans les labos secrets de DataX. L'Irlandais est l'un des rares à avoir survécu. Je dirais bien qu'il a eu de la chance, mais c'est faux. Les chanceux sont morts.

« T'en veux ? » Declan me propose la bouteille. Mon lion s'approche de la surface, mais je le repousse en moi. Bien qu'être bourré avant midi soit tentant, je ne me suis pas évadé de la prison du labo pour gâcher mes journées.

« Non. Allez boire dehors. Ou, encore mieux, servez-vous de la bouteille pour brûler les mauvaises herbes devant l'entrée.

— Chef, oui chef ! lance le brun avec une imitation moqueuse d'un salut militaire. C'est toi l'alpha.

— Je suis pas ton alpha », dis-je sans me retourner alors que je vais dans la cuisine. Un petit-déjeuner. De la nourriture. De la normalité. Faire des choses routinières, même si la normalité est une contrée étrangère que je ne visiterai plus jamais.

« T'es le roi des animaux, nan ? Si tu fais partie d'une troupe, t'es à sa tête.

— On est pas une troupe. » J'ouvre le réfrigérateur et prends la première chose qui me fait envie : une bouteille de lait. Je la porte à ma bouche et bois directement au goulot en ignorant Parker, appuyé contre l'embrasure de la porte.

« Prêt pour le grand combat ? »

Je grogne.

« Un autre grizzli métamorphe. Celui-là vient de Saskatchewan ou un autre trou paumé, je sais plus. Je te jure, c'est à croire qu'ils passent leur temps à se castagner dans les montagnes.

— Tant mieux. » Moins de chances que mon lion les tue.

« Les paris sont plutôt équilibrés, continue Parker. Les ours sont les seuls à avoir une chance contre toi. »

Un tupperware rempli d'espèces de brioches maison est posé sur mon comptoir. Je tapote le couvercle. « C'est quoi ?

— Des scones. C'est Laurie qui les a faits. » Dès qu'il répond, je sens la légère odeur du hibou métamorphe mêlée au parfum sucré des viennoiseries. J'ouvre le tupperware et en prends deux.

Je sors mon portable en sentant ma poche vibrer. J'ai un message d'un numéro inconnu.

On vient te voir avec Layne. On a des infos pour toi.

Je réponds : *Je serai à la Fosse.* Et, parce que je ne peux pas m'en empêcher, j'ajoute : *Quelles infos ?*

Kylie a trouvé une femme qui vit seule à Temecula. On va le confirmer, mais on pense que c'est Denali.

Denali.

Rouge. Noir.

La porte de la cellule s'ouvre, je me tiens prêt. Les gardes entrent, leurs armes braquées sur moi. Je m'y attendais.

Je ne m'attendais pas à elle. Une odeur de cannelle emplit la pièce. De cannelle… et de désir.

« Nash ? Nash ? »

Le souvenir s'assombrit et s'efface lentement jusqu'à ce que le visage de Parker réapparaisse. Declan et Laurie se tiennent derrière lui à la porte. Ils me dévisagent en silence.

Le monde se teinte de rouge pendant une seconde. Mon lion essaie de prendre le contrôle.

« J'dois y aller. » Je fais deux pas vers la porte puis me

ravise. Je reviens dans la cuisine, prends un autre scone et rencontre le regard du grand type. « Merci. Ils sont bons. »

Le hibou métamorphe cligne des yeux derrière ses verres aussi épais que des culs de bouteille.

Je prends la porte sans me retourner.

CHAPITRE DEUX

Nash

La Fosse est quasiment déserte à cette heure-ci, ce qui est une bonne chose. Mon lion est déjà assez à cran en sentant les anciens effluves de métamorphes. Je le libère et rôde autour du bâtiment. On est au milieu d'une zone industrielle à l'abandon, suffisamment à l'écart pour que personne ne voie un lion rôder autour d'un entrepôt miteux. Personne ne vient ici à part des métamorphes, et les métamorphes qui viennent ici me reconnaîtraient. C'est mon territoire. Mon royaume. Je laisse mon lion détraqué marquer son territoire en me collant contre la barrière métallique qui entoure le parking, puis je reprends forme humaine et entre boire un verre en essayant de ne pas m'attarder sur l'être pitoyable que je suis devenu.

Quelques minutes plus tard, un homme aux cheveux couleur sable ouvre la porte et hume l'air. Depuis le bar, je lève mon verre en signe d'invitation. Il hoche la tête et recule pour laisser entrer sa compagne. Une jeune femme saisissante avec de longs cheveux noirs s'approche, me regarde droit dans les yeux. Je soutiens son regard avec un léger défi. Elle est récemment devenue métamorphe et c'est une dominante. Normalement, mon lion ne tolérerait pas ce genre d'effronteries, mais il ne la considère pas comme une menace dans l'immédiat. C'est une rencontre entre alliés, et il sait qu'il est sur le point d'obtenir ce qu'il veut.

Sam s'assied. Sans un mot, il pose son portable sur le comptoir. La photo d'une femme est affichée sur l'écran. Elle sort d'une maison, son visage à demi caché par la moustiquaire.

Ma poitrine se comprime. *Denali*. La pièce devient floue, rougit.

Sam glisse son doigt sur l'écran pour me montrer le reste. Denali qui descend l'allée, monte dans une voiture. Un short déchiré laisse apparaître ses longues jambes, un T-shirt blanc met en valeur ses bras fins et musclés. « Mon contact a pris ces photos ce matin. Il a confirmé l'adresse de la maison. Elle semble y vivre. » Sam fait glisser un morceau de papier vers moi, mais je ne peux pas détacher mon regard de l'image. Sur chaque photo, elle a une expression sérieuse. Pas exactement triste. Distante.

« C'est elle ? demande Layne.

— Oui, dis-je quand je retrouve ma voix. C'est elle. » *Denali. À moi*, rugit mon lion en secouant les barreaux de sa cage. Il veut sortir et se mettre en chasse. Trouver Denali, la revendiquer. *À moi*.

Le rouge trouble ma vue. Je cligne des yeux et tout devient noir.

Je lève la tête quand je me rends compte que je suis silencieux depuis plusieurs minutes. La tension alourdit atmosphère dans la pièce. Les yeux de Layne luisent d'un éclat animal.

« Désolé que ça ait pris si longtemps », dit Sam. Ses

bras sont couverts de chair de poule, mais sa voix est calme. Ce n'est peut-être pas le métamorphe le plus massif, mais il garde la tête froide sous la pression. Contrairement à nous. « J'étais vraiment sûr qu'on l'avait trouvée la dernière fois. »

Je hoche la tête. « Elle se déplace beaucoup.

— Elle a l'air de s'être installée. La propriétaire de la maison dit qu'elle a emménagé il y a six mois. Elle n'était encore jamais restée aussi longtemps au même endroit. » Sam pose le doigt sur le papier avec l'adresse. « Mais on ferait mieux de se dépêcher. Avec Layne, on peut...

— Non, dis-je en rangeant la feuille dans ma poche. Juste moi. Seul.

— Avec tout le respect que je te dois... » Sam se lève du tabouret en même temps que moi. Il n'essaie pas de me barrer le chemin, mais il s'approche trop près. Le rouge explose derrière mes paupières. Les ténèbres dansent aux coins de ma vue, puis prennent toute la place.

Je reviens à moi une seconde plus tard. Mon poing est serré autour du T-shirt de Sam. Je l'ai plaqué contre le bar. Il a les mains levées en signe de capitulation, mais mon lion s'en fout. Mes canines s'allongent douloureusement, un grondement monte dans ma gorge.

Tout à coup, une vive douleur irradie dans mon dos.

« Je ne ferais pas ça, si j'étais toi », me ronronne une voix douce à l'oreille. Les griffes s'enfoncent un peu plus dans ma peau, dix pointes terribles, acérées comme des aiguilles. « Sois un gentil minou et lâche-le. »

Je reprends de force le contrôle sur mon lion, lâche le T-shirt de Sam et grogne quand les griffes pénètrent encore plus profondément.

« Layne », murmure Sam. J'entends un grondement tendre, et la pression quitte abruptement mon dos. Je m'étire en ignorant la douleur sourde qui vibre le long de ma colonne vertébrale et me retourne lentement. De ses yeux félins en amande, la petite femme me regarde bien en face.

« La plupart des gens provoqueraient pas le roi des animaux sur son territoire. »

Elle ne répond pas. Lorsque Sam s'approche d'elle, elle lui prend la main sans me quitter des yeux. *Alors, ne menace pas mon compagnon,* semble-t-elle dire. Mon lion approuve de mauvaise grâce.

« C'est peut-être mieux si tu y vas tout seul », dit Sam en tirant Layne vers la porte.

Dès qu'ils sont partis, je prends mon visage entre mes mains. Mon front est couvert de transpiration à cause de l'effort que maîtriser mon lion me demande. Il est violent, prêt à attaquer amis comme ennemis. Désespéré. Je meurs et il n'existe qu'un seul remède.

Denali.

Le bout de papier dans ma poche touche ma main. Je le froisse et lutte contre la marée de rouge qui menace de submerger ma vue. Ça fait mal, mais je la repousse.

« Alors, chef ? Tu vas aller la chercher ? demande Parker, soudain devant moi.

— Je peux pas. » Je me force à prononcer les mots en ignorant le hurlement de souffrance de mon lion.

« T'es obligé, dit Declan à côté de moi. Ton lion pourra pas tenir plus longtemps.

— Je sais. » Je ferme les yeux. J'étais censé trouver Denali, la rejoindre. M'excuser. M'assurer qu'elle était en sécurité.

C'est trop tard. Mon lion est incontrôlable et j'ai besoin de trouver quelqu'un pour le tuer. Pour me tuer.

« Si quelqu'un était capable de te tuer, tu serais déjà mort, depuis le temps », remarque Parker. Je prends conscience que j'ai parlé tout haut. « Tu te bats tous les soirs et tu gagnes. Contre les plus gros durs parmi les méta-morphes, contre ceux qui sont à moitié tarés… contre tous ceux qui osent entrer sur le ring. Parfois même deux à la fois.

— Tu peux pas arrêter de te battre, murmure Declan. Je m'en plains pas. Les affaires sont bonnes. Ta cote grimpe en flèche. Les flics ont arrêté de fouiner et le club de Tucson t'a rendu encore plus célèbre. » Il fait tourner le liquide dans son verre. « La Fosse. L'antre du roi des animaux. »

Je pousse un grondement. Je suis tenté de partir, de rouler jusqu'à chez Denali et de tout lui expliquer. Une fois le choc initial passé, elle me pardonnera peut-être.

Mais je ne peux pas. Entre mes cauchemars et la folie de mon lion, j'ai construit une cage bien plus solide que celles de DataX.

~

Plus tard dans la soirée, je me dirige vers le ring. La foule applaudit, mais je n'entends que des hurlements. Combien de gens ai-je tués quand j'étais soldat ? Ils sont là, des visages fantomatiques aux expressions malveillantes, prêts à m'entraîner vers la mort.

Ma vue devient rouge, puis noire.

Je suis soudain dans le ring et Parker signale le début du match. Quand l'ours se tourne, son profil me rappelle l'un des gardes de DataX. Un connard sadique qui aimait attacher les métamorphes faibles et les électrocuter jusqu'à ce que de la fumée s'échappe de leurs corps. *Des petits casse-croûtes,* les appelait-il.

Rouge. Noir. L'ours s'écroule, son visage un masque sanglant. Les videurs entrent et le traînent hors de la cage. Un autre combattant prend sa place. Jeune. Sûr de lui.

Comme les prisonniers lorsqu'ils arrivaient en croyant participer à une expérience. Pour créer une race de maîtres.

« On trouvera ce qu'il y a de mieux pour toi, Nash », avait dit le médecin. Des cheveux blonds comme ceux de Sam. Je ne me souviens pas de son nom. « Tu enfanteras la race des maîtres. »

Rouge, noir. Un autre combattant dans le ring. Deux, cette fois. Ils fondent sur moi ensemble et leurs poings s'abattent. La douleur me lave.

Je suis attaché sur la chaise, des hématomes sur mes flancs. Ma bouche est sèche, mon corps fume. « Plus si costaud, hein ? » demande le garde. Il lève le bâton.

Je rugis, et deux visages surpris deviennent flous en face de moi. Je tends le bras à travers la brume rouge, les attrape tous les deux par la peau du cou et entrechoque leurs crânes. D'une pierre deux coups.

La foule pousse des cris. Un sifflement résonne dans ma tête. Declan est devant moi, il me propose de l'eau.

« Combien ?

— Encore un. » Il a l'air inquiet. « Mais c'est pas nécessaire. On peut…

— Non. » Je me remets laborieusement debout alors qu'un métamorphe à l'air mauvais entre à pas lourds sur le ring. Mon lion ne sera pas privé de sa proie.

« On doit arrêter ça », dit Declan à Parker. Ce dernier acquiesce. « Je l'ai jamais vu comme ça. »

Parker se tourne et lève son mégaphone. « C'est tout pour ce soir, les amis… »

Les spectateurs huent. Ils veulent du sang. Je vais leur en donner.

J'approche du centre du ring, les cris du public ruissellent sur ma peau contusionnée. « Nash ! Nash ! scandent-ils. Le roi des animaux ! »

Mon adversaire se retourne avec un sourire cruel. Je lui rends son rictus et libère mon lion.

Rouge. Noir. Noir. Noir.

« Nash, arrête, arrête ! » Une tête grise apparaît devant moi. Parker hurle, sa bouche grand ouverte, ses yeux affolés. « Tu as gagné. Il est à terre. Arrête avant de le tuer. » L'odeur de sang alourdit l'air. Mon lion approuve.

« T'as gagné », répète Parker. J'essaie de faire un pas et chancelle sous le poids de plusieurs videurs. Pris de panique, je donne des ruades pour les repousser. Inutile. Les gardes de la prison ont des matraques électriques.

« Lâchez-le ! » crie Parker. Les hommes s'exécutent en faisant un bond en arrière, mais je m'élance toutes griffes dehors. Je suis aveuglé par le sang qui coule dans mes yeux. J'atteins le grillage. Il n'est pas électrifié. Quelqu'un a dû couper le courant. J'ai une chance.

« Nash… » Declan est de l'autre côté du grillage.

Je lève les mains, à présent terminées par des griffes noires, et donne un coup de patte dans le métal.

Mes griffes s'arrachent, je rugis, mais n'arrête pas avant d'avoir créé un trou assez grand pour laisser passer un lion.

Puis je cours. Mon lion est libre, les gens s'écartent de mon chemin en criant. Le rouge attaque mes yeux, le noir est tapi sur les bords, menaçant. Encore une pointe finale de vitesse et je suis dehors. Je tombe à quatre pattes et laisse les ténèbres m'engloutir.

Je me réveille nu dans la voiture, la bouche pleine de sang. Le goût puissant me fait tousser et je crache presque sur le papier froissé sur le tableau de bord. L'adresse de Denali. Le lion l'a trouvée et posée là.

« D'accord, d'accord. »

Chaque centimètre de mon corps hurle. Mes mains sont enflées, ensanglantées. Je régénère de plus en plus lentement ces derniers mois. Ça ne peut vouloir dire qu'une chose : je suis en train de mourir. Ce n'est qu'une question de temps. Et de savoir combien de personnes j'emporterai avec moi.

Je ne peux pas mettre Denali en danger. Mais la prochaine fois que je perdrai connaissance, mon lion risque de me mener devant sa porte. Impossible de savoir ce dont il est capable.

En revanche, il a été très clair : si je le laisse mourir, il entraînera tous ceux qu'il peut avec lui dans la tombe.

Je passe la première et commence à rouler, sans savoir si l'homme condamné que je suis se dirige vers l'échafaud ou vers un remède.

CHAPITRE TROIS

Nash

L'adresse correspond à une maisonnette à Temecula. Je me gare devant et reste un instant immobile. Mes mains tremblent. D'appréhension ? Ou est-ce le stade final de la folie ?

Venir ici était une erreur. Je le sais dès que je monte sur le petit porche et que son odeur pénètre dans mes narines. Les ténèbres viennent border ma vue, m'entraînent dans leurs profondeurs.

~

Les gardes la tiennent en joue avec leurs armes. Furieux, mon lion approche de la surface. Ça fait trop longtemps qu'il n'a pas tué. Mais quand la femme trébuche en avant, je la rattrape et mes bras se referment autour de son dos. Elle est grande, sa tête arrive juste sous mon menton, ses cheveux soyeux sont comme un nuage devant mon visage. Je sens à nouveau une odeur de cannelle dans mon nez, puis sur ma langue.

« Une autre pour toi, Nash. » La voix du garde est sèche, moqueuse. Ils voient ce que je fais aux femmes qu'ils m'apportent. Des caméras sont placées dans les coins de la pièce. Ils regardent.

Mes mains se crispent sur le corps de la femme, elle tourne la tête et cache son visage contre mon torse.

« Tu sais quoi faire. Au boulot, sinon… » La menace flotte dans l'air.

La porte grince et ils sont sortis de la cellule.

Je ne veux pas bouger. Je pourrais l'étreindre toute la nuit et ne jamais avoir envie de plus. Mais le désir est également présent, il bouillonne, le premier soupçon de chaleur après un long hiver.

« Salut », dit-elle. Timide, mais pas mal à l'aise. Je sens sa colère monter, égaler la mienne. Sa frustration. Elle refuse de se laisser intimider. Courageuse. Nue et sans défense, mais pas effrayée.

Après avoir empli mes poumons de son délicieux parfum, je lève son visage vers le mien. « Comment tu t'appelles ? »

« Denali », dis-je en un murmure. En moi, mon lion attend patiemment, en chasse. Je suis l'odeur de cannelle qui flotte dans l'air jusqu'à la porte-moustiquaire.

Et je la vois. De longues jambes élancées, une peau mate parfaite. Elle est pieds nus devant le comptoir de la cuisine, son poids déporté sur une jambe, son cul bombé moulé dans un short déchiré. Son cou élégant est penché sur ce qu'elle est en train de faire.

Incapable de m'en empêcher, je pousse la porte et entre en silence. Je suis de retour dans la jungle, un soldat, un prédateur traquant sa proie.

Elle tourne légèrement la tête.

Son nom est sur mes lèvres lorsqu'elle se retourne. Un éclat bleuté brille dans ses yeux.

« Nash ? » Sa voix est étranglée.

Je m'approche d'elle. Elle rejette la tête en arrière, sa poitrine se soulève rapidement.

« Tout va bien, Denali, dis-je en levant les mains. Je ne te ferai pas de mal. » C'est la vérité, même si mon lion est un foutu taré.

Son corps est parcouru d'un tremblement. Une, deux fois, et une senteur épicée s'élève entre nous.

À moi, gronde mon lion. *Ma compagne.*

« Denali, je… » Ma voix se brise, mais c'est trop tard. Elle tourne les talons et court jusqu'à la porte à l'arrière de la maison.

~

Denali

Je cours sans réfléchir. Je me cache depuis si longtemps que mon premier instinct est de prendre mes jambes à mon cou.

La porte de la cuisine claque derrière moi. Dès qu'il fait beau, je laisse les portes et les fenêtres ouvertes pour laisser entrer le parfum des fleurs sauvages. Et pour être alertée si quiconque approche.

Mais ma lionne dormait. Ou elle a détecté l'odeur subtile du soldat qu'elle connaissait autrefois et décidé de ne pas m'avertir. Ou alors, je l'ai ignorée. Je porte le souvenir de Nash, son fantôme, depuis trop longtemps. Je le vois dans mes rêves, son parfum flotte au-dessus de moi comme un nuage lorsque je me réveille. Nash occupe mes pensées quand je mange, dors et respire, même pendant que je le fuis.

C'est ce qui se passe lorsque vous partagez une marque d'union. Vous ne pouvez pas y échapper. Vous êtes liés au niveau cellulaire le plus profond.

Même après la mort.

Je le croyais mort.

La porte-moustiquaire se referme derrière moi et une bourrasque me fouette le dos, m'encourage à accélérer. Nash est sur mes talons. Son lion s'est mis en chasse.

Contente d'être pieds nus, je fais appel à chaque muscle de mes jambes pour gravir la colline. J'ai choisi cette maison pour son isolement. Peu de gens souhaitent vivre dans la colline, mais j'ai trouvé sa beauté irrésistible. La chaleur du soleil, les rangées soignées de vignes qui découpent le paysage. Rien à voir avec la cellule grise dans laquelle je suis restée enfermée pendant neuf longues semaines.

J'aurais dû me douter qu'il se lancerait à ma recherche. Je l'ai vu aux infos. Le labo de DataX a été réduit en cendres, celui où on était détenus. Bien sûr, le journal télé n'a pas mentionné DataX. D'ailleurs, après le premier reportage, plus aucun média n'a relayé la nouvelle, comme si l'affaire avait rapidement été étouffée. Mais j'ai reconnu l'endroit. Il ne s'agissait pas d'un feu accidentel comme les infos l'ont prétendu. Cet incendie a été déclenché pour détruire une prison.

Alors j'ai attendu, en retenant ma respiration. Si Nash était en vie, il viendrait sûrement me trouver. N'est-ce pas ce qu'il me murmure chaque nuit dans mes rêves ?

Mais il n'est pas venu. J'ai pensé qu'il était bel et bien mort. Et que je n'avais rien fait pour l'empêcher.

Il est là maintenant. Quand son souffle chaud touche ma nuque, je fais mine de partir à droite, puis contourne des fourrés. Le lion me suit sans mal.

Nash était militaire. Il faisait partie des métamorphes les plus forts et les plus athlétiques que j'ai rencontrés, et les années n'ont atténué en rien ses capacités. Je ne m'échapperai pas. Je ne sais même pas pourquoi je cours, mais le revoir a fait remonter trop de choses trop vite. Il fait partie de mon expérience à DataX. Cependant, je sais qu'il n'est pas l'ennemi.

« Denali. Arrête. »

J'accélère en évitant des rochers. Si ma lionne est douée pour une chose, c'est bien courir.

Seulement, elle n'en a pas envie. Elle veut rester et affronter le lion qui la poursuit.

Je vais trop vite et glisse sur des graviers. J'égratigne mes mains sur le sol quand je me relève.

« Putain, tu vas te faire mal. »

Mon cœur se serre. Toujours un gentleman.

Pas autant que tu me feras mal. Mon cri fait siffler mes oreilles. Je l'ai dit tout haut.

« Non. C'est promis. »

En entendant la douleur dans sa voix, mes mollets sont pris d'un spasme, mes pieds trébuchent. Ma lionne en a assez. Elle me force à ralentir juste assez pour que le chasseur me rattrape.

Il me plaque au sol, mais en pivotant pour amortir ma chute avec son corps. Oh, ça me rappelle des choses. Nash au-dessus de moi qui me chevauche, me fait tourner pour que je le regarde.

Je gémis. « Non, non, non. Tu n'es pas réel. Tu n'es pas ici. » Si je ne peux pas voir le monstre, il n'est pas réel. Mais Nash n'est pas un monstre.

Sans douceur, il m'oblige à baisser les mains. Je suis coincée sous son corps. Le mien s'empresse de réagir. Ma lionne est en admiration.

Pauvre animal désespéré. Je ne peux pas oublier toute prudence et me donner à un mâle que je connais à peine.

« Denali », murmure-t-il d'une voix rauque. Face à face, je vois qu'il n'a pas changé. Il est peut-être un peu plus mince, un peu plus dur, mais il a les mêmes joues lisses, les cheveux coupés court à la façon militaire, la cicatrice sur son sourcil. Il est si beau que ma poitrine me fait mal. Bien sûr, il est aussi au-dessus de moi, mais ça me paraît naturel. Mes hanches se soulèvent sans ma permission.

« C'est toi. C'est vraiment toi. » Une lueur dorée embrase ses yeux. Le lion est sorti pendant la course-poursuite. Je deviens molle en dessous de lui. Je ne peux le vaincre au corps-à-corps. S'il me veut effectivement du mal, mon seul espoir pour m'échapper est d'arriver à lui faire baisser sa garde.

Il ne te veut pas de mal, murmure ma lionne. Mais je décèle de la sauvagerie dans son regard, et l'incertitude me crispe.

Il effleure mon visage du dos de sa main, me tire un geignement. Je ne peux pas faire ça. C'est trop douloureux, trop frais.

« Pourquoi tu crois que je vais t'attaquer ? »

Je secoue la tête, comme pour remettre mes idées en place. En faire sortir les émotions tordues qui s'y agitent. Fuir était une réaction due au traumatisme. Ce n'était pas une décision rationnelle. À l'instant où j'ai vu le mâle qui hante mes rêves, j'ai mis les bouts.

« Je ne te ferai pas de mal.

— Tu m'en as déjà fait », dis-je en un sanglot avant de me mordre les lèvres. Je ne connais même pas ce mâle. Nous avons passé une nuit ensemble dans une cellule de prison, on nous a forcés à nous accoupler sous la menace et il m'a marquée. Fin de l'histoire. J'ignore pourquoi je me comporte comme s'il était un amant qui m'a abandonnée. Ce n'est pas comme si je lui avais donné mon cœur. Je ne serais pas si naïve.

Et pourtant, pas un jour ne s'est écoulé sans qu'il me manque. Sans que je me demande à quoi ressemblerait ma vie s'il était à mes côtés, comme devrait l'être un véritable compagnon. Au cours des ans, j'ai envisagé de trouver un compagnon, quelqu'un que j'aurais volontairement choisi. Mais je n'ai pas réussi à me présenter au moindre rencard. Aucun mâle n'arrivait à la cheville de cet être magnifique, ce roi des animaux.

« Denali. » Il pose sa main tiède et rêche contre ma joue, et ma lionne s'appuie contre lui. « S'il te plaît », souffle-t-il. Ses lèvres effleurent les miennes. Mon dos se cambre automatiquement et je lui rends son baiser. Il a un goût d'épices et d'abandon. De chez-soi.

Il enfouit la tête dans le creux de mon cou et inspire profondément. Son corps réagit à mon odeur, son érection se dresse et appuie entre mes jambes, un grondement bas vibre dans sa gorge.

Je suis clouée au sol sous un gros mâle excité, mais je n'ai aucune envie de lutter. À la place, que le ciel me vienne en aide, je frotte mon sexe humide contre la bosse dans son jean. Il plaque ses lèvres sur les miennes, revendique ma bouche tout en soulevant mon T-shirt pour toucher mes seins. Je me tortille en dessous de lui, désespérée d'avoir plus de contact. Un parfum de cannelle alourdit l'air. Ma lionne n'a eu qu'à renifler Nash pour être en chaleur.

Mais c'est dingue. On n'est pas amants. On n'est même pas amis. On est deux métamorphes qui ont été forcés à coucher ensemble dans d'horribles circonstances. On ne peut pas reprendre là où on s'était arrêtés ; je ne veux jamais revivre ce moment.

« Non. » Je m'écarte et halète pour reprendre mon souffle.

« Peux pas m'arrêter », marmonne-t-il avec urgence. Sa bouche remue toujours sur la mienne. Il mordille la commissure de mes lèvres. « Tu as si bon goût. »

Merde, lui aussi, il a bon goût. Et le voir me dévorer comme un homme affamé fait un effet incroyable à ma libido. C'est comme si ma sexualité était restée dans le coma depuis notre séparation et qu'elle s'éveillait à présent sous ses caresses. Il garde un bras sous moi, me protège tout en me serrant fermement. Je suis grande et forte, mais je me sens petite entre les bras de Nash. Délicate.

Belle.

Sa main se détache de mon sein, se pose sur mon ventre plat et glisse dans mon short.

Je prends une inspiration quand le désir enflamme le creux de mes reins.

Une lueur ambrée illumine son regard. « À moi, grogne-t-il.

— Non. » J'ai beau avoir envie d'enlever mon short, non, ma chatte n'est pas *à lui*. Il m'a peut-être marquée, mais cette morsure ne compte pas.

Je ne lui appartiens pas.

Je lutte pour ne pas perdre les pédales alors qu'il pose la main sur mon pubis et caresse mon sexe mouillé. « C'est… »

Il coupe ma protestation d'un autre baiser farouche, sa bouche me domine, me possède. Des frissons parcourent ma colonne vertébrale. Je plonge mes talons dans la terre et appuie sur sa main qui bouge entre mes cuisses.

Il enfonce un doigt en moi, frotte sa paume contre mon clito.

Un orgasme explosif me prend par surprise, aussi beau et violent qu'un orage d'été.

Je serre les lèvres pour ne pas gémir son prénom pendant qu'il fait danser mon corps. Comme la dernière fois que nous étions ensemble, notre attirance est magnétique. Je veux refuser, mais mon corps et ma lionne ne sont pas du même avis.

Je m'accroche à lui en ahanant. Cette situation est un fiasco total, comme toute notre relation. Pourtant, elle me semble aussi naturelle.

« Belle lionne. »

Je m'avachis entre ses bras, l'inquiétude me fait tourner la tête tandis que mon corps s'élève vers les étoiles.

Nous n'avons partagé qu'une nuit dans une prison, avec des gardes qui nous espionnaient grâce aux caméras dans la pièce, mais elle a changé le cours de nos vies. Je le savais aussi bien que lui. J'ai eu beau me répéter que je devais oublier Nash, oublier cette nuit, je n'ai pas réussi. Je le désire comme je n'ai jamais désiré aucun autre. Mon corps se souvient de ses caresses. Je n'ai pas pu oublier sa force, son âme torturée, sa douceur. Notre incroyable alchimie. Nous n'avons eu qu'une nuit dans une geôle, mais le lien que nous avons créé est réel.

La vérité est effrayante. Je l'ai fuie, de même que j'ai fui DataX et le lion qui m'a marquée comme sienne.

Les yeux de Nash sont toujours jaunes, et il me regarde fixement avec une expression de prédateur. Une expression qui promet une punition. Pour l'avoir quitté. Pour avoir pris la fuite. Pour avoir refusé sa revendication. Son lion ne me laissera pas partir, pas sans combattre.

Il sort ses doigts de moi et les porte à sa bouche, les goûte. Le tout sans détacher son regard du mien.

Je ne sais pas par où commencer avec ce mâle, alors je choisis une banalité. « Tu gardes tes cheveux très courts. » Malgré leur taille, ses cheveux sont plus doux qu'ils n'en ont l'air. Alors que je fais courir ma paume sur son crâne, une vague d'émotions me coupe le souffle. Je ne veux pas cesser de le toucher.

« J'ai pris l'habitude, marmonne-t-il.

— Tu devrais les laisser pousser. J'aimerais voir de quoi tu as l'air avec les cheveux longs. Un lion hirsute. »

Le coin de sa bouche se soulève, mais le reste de son corps se tend. C'est moi qui devrais être anxieuse ; pourtant, ce n'est pas le cas. Du moins, mon corps ne l'est pas. Je viens d'avoir un orgasme incroyable.

Maintenant que ma concentration est de retour, j'étudie son visage, remarque de nouveaux creux sous ses pommettes, une coupure à demi cicatrisée près de sa tempe, à côté d'un bleu qui commence à s'effacer. Pourquoi ne s'est-il pas régénéré ?

Lorsque je me trémousse sous son corps lourd, l'animal en lui cède du terrain, le gentleman dont je me souviens revient à la surface. Comme s'il venait de prendre conscience de notre posture, il s'éloigne de moi.

« Je suis désolé. » Il se lève et m'aide à en faire autant. « Je ne voulais pas… euh…

— Affirmer ta revendication ? dis-je sèchement en essuyant la poussière sur mes fesses. Si, je pense que c'est ce que tu voulais. »

Je ne m'attendais pas à voir de la souffrance passer sur ses traits. Elle m'emplit, ses émotions s'infiltrent dans les miennes et je dois me battre pour repousser les ténèbres. Quoi que Nash ait vécu après notre nuit ensemble, il est resté traumatisé.

Ce qui fait naître une pointe de peur en moi, même si mon cœur se serre.

Soigne-le, murmure ma lionne.

Mais je ne peux pas.

Pas plus que je ne pouvais y retourner. Ça mettrait une autre vie en danger, et cette vie est plus importante que la mienne ou celle de Nash. En tout cas, elle l'est pour moi.

Autour de nous, les oiseaux continuent à chanter joyeusement sans se soucier des deux prédateurs qui ont envahi leur territoire. Ma maison paraît solitaire au bas de la colline, au-delà d'une pente couverte de fleurs qui dansent dans le vent.

Je garde les yeux rivés sur les fleurs pour ne pas regarder Nash. « Comment tu m'as trouvée ?

— Je suis à ta recherche depuis que je suis sorti. Mes amis m'ont aidé. »

Je me raidis. Depuis combien de temps est-il libre ? Qu'est-ce que ses amis ont découvert d'autre ?

« T'inquiète pas, dit-il d'un ton apaisant. Ils diront à personne où tu es. Ils l'ont dit qu'à moi. »

Ça ne me rassure pas. Je ne peux pas laisser Nash faire partie de ma vie. C'est trop risqué.

Bien sûr, ma lionne imprudente ne voit aucun problème au fait que Nash soit là. Elle ronronne. Je prends un instant pour sentir son animal et suis de nouveau mal à l'aise.

« Ton lion est contrarié.

— Mon lion est un connard taré. »

Je me force à rencontrer son regard, à explorer ses yeux hantés. « Ils t'ont fait du mal.

— Oui. Mais j'étais taré avant d'aller les voir.

— Pourquoi est-ce que tu es venu, Nash ? »

La souffrance passe sur son visage, une tempête que je ne peux déchiffrer. « Comment j'aurais pu faire autrement ? Je t'ai marquée. Tu m'appartiens. » Il ferme le poing autour de mes boucles et me fait pencher la tête sur le côté jusqu'à ce qu'il trouve l'endroit où ses dents ont entaillé ma peau. Quand il approche sa bouche et trace de sa langue la marque à peine visible, je frissonne. Ma chatte se contracte, comme pour affirmer qu'il en est bien le propriétaire.

« Pourquoi tu m'as fui, Denali ? »

À sa voix, j'entends qu'il est blessé… Ou est-ce un avertissement ? Va-t-il me punir ? Incroyablement, l'idée m'excite. Je repousse au fond de ma tête l'image de lui en train de m'attacher sur le lit pour affirmer sa revendication sur mon corps, encore et encore. « Tu as peur de moi ? Tu vois pas que… » Il ne termine pas sa phrase, ferme les yeux.

« Je te croyais mort.

— Tu pensais voir un fantôme ? »

Je secoue la tête. La pointe de sa langue court toujours sur ma peau, remonte dans mon cou, passe sur mon lobe d'oreille. Des souvenirs de ce qu'il peut faire avec sa langue entre mes cuisses font disparaître toute pensée rationnelle de mon esprit.

Son corps se colle contre le mien, long, musclé et, oh… si parfait.

« J'aurais dû mourir. Je me sens à moitié mort la plupart du temps depuis que je suis libre.

— Mais… tu as coopéré. » Je déglutis. « J'ai entendu dire que tu t'étais porté volontaire pour le programme. »

Je n'oublierai jamais le jour où des hommes en costume sont venus chez mon grand-père. D'abord, ils étaient pleins de belles paroles. Ils m'ont annoncé que j'avais été choisie pour une mission spéciale. Mon grand-père et ma tante se sont interposés en disant qu'il était hors de question qu'ils m'emmènent.

Les hommes ont sorti des revolvers et m'ont demandé de les suivre, sans quoi ils tueraient ma famille. Mon grand-père et ma tante m'ont crié de muter et de m'enfuir. Ils n'avaient aucune intention de les laisser m'emmener.

Et maintenant, ils sont morts.

La rage se mélange au chagrin sur le visage de Nash. Ses narines s'évasent, sa mâchoire se crispe. « J'ai coopéré, c'est vrai. Je me suis porté volontaire pour cette putain d'étude. Jusqu'à ce que je comprenne ce qu'ils faisaient.

— La race de maîtres. » Le lion brille dans ses yeux

lorsqu'il entend mon murmure. Il serre mes cheveux plus fort.

Quand je grimace, il me libère immédiatement et recule. « Tu t'es échappée peu après que je t'ai marquée. »

Et voilà. Je n'entends aucune accusation dans sa voix, pourtant la culpabilité me submerge. « J'ai vu une occasion et j'en ai profité.

— C'est bien. J'en suis content. Ça a rendu les choses… plus faciles, de savoir que t'étais plus dans ce trou à rats. » Le vent se lève. Il me voit frissonner et se déplace pour me protéger de la brise. Je ne pense pas qu'il le fasse consciemment, mais son attention me réchauffe de la tête aux pieds.

CHAPITRE QUATRE

Nash

Denali est devenue blême et mon lion gronde. Il veut arranger le problème, peu importe lequel. Mais comment un lion brisé peut-il arranger quoi que ce soit ?

« Je suis désolé… je n'étais pas du tout en mesure de revenir te chercher. » Elle serre les poings.

Je hausse les sourcils. Merde, c'est ça qui la préoccupe ? Elle souffre de la culpabilité du survivant depuis tout ce temps ?

Putain, j'en connais un rayon sur le sujet. Mes flash-backs ne concernent pas seulement DataX. Ils me ramènent aussi en Afghanistan.

Je ne peux m'empêcher de lui attraper les épaules et de la tirer vers moi jusqu'à ce qu'on soit nez contre nez. « Tu crois que c'est ce que j'aurais voulu ? » Je ne voulais pas parler si sèchement, mais j'ai besoin qu'elle comprenne. J'ai besoin de l'aider à se libérer de la culpabilité. « *Jamais.* J'ai jamais voulu que tu retournes là-bas. Savoir que tu étais libre, c'était mon seul foutu réconfort. Tu comprends ? »

Elle me regarde en battant des cils. Sous la lumière, des paillettes d'or et de caramel brillent dans ses yeux brun chocolat. Elle s'est percé le nez depuis la dernière fois que je l'ai vue. Un minuscule anneau en or traverse l'une de ses narines. Putain, c'est parfait sur elle. Ses cheveux ont retrouvé leur couleur brune naturelle. Quand je l'ai rencontrée, elle avait décoloré ses boucles denses, leur donnant une teinte fauve doré.

Sa gorge se contracte alors qu'elle déglutit. « Je suis désolée. »

Je me force à la lâcher. « Non, je suis content que tu aies réussi à t'évader. Et je comprends pourquoi tu es restée cachée. »

Elle se raidit un bref instant. Mon lion sent de nouveau que quelque chose cloche, mais je n'ai aucune idée de ce que c'est. « J'ai appris que le labo a brûlé. C'est toi qui… ? »

— Ouais. C'est comme ça que j'en suis sorti. Et j'ai aussi aidé à détruire le deuxième labo. On les a fait partir en fumée. Le Dr Smyth est mort.

— Tant mieux », dit-elle avec férocité. Nos regards se rencontrent et, pour une fois, on est sur la même longueur d'onde. La vengeance nous consume tous les deux.

Elle s'éclaircit la gorge et baisse les yeux sur ses ongles courts. « J'ai fui par habitude. Ça fait des années que je reste sur mes gardes. À redouter que quelqu'un me retrouve et me traîne de nouveau là-bas. Quand je t'ai vu… je crois que j'ai paniqué. »

Sérieux ?

Sa confession me fait respirer plus vite.

Elle n'a pas peur de moi. Son instinct a pris le dessus et l'a poussée à fuir. Mais son instinct ne devrait-il pas lui dire que je ne suis pas un danger ? Que je suis le seul type qui ne lui ferait jamais le moindre mal ? Qui mourrait pour la protéger ?

Ou son instinct est-il aussi endommagé que le mien ?

Mes tripes se tordent quand une nouvelle pensée m'assaille. *Elle a fui parce que je suis un danger pour elle.* Je n'aurais pas dû venir… merde, je suis incontrôlable. Mais je continue à m'accrocher à l'espoir qu'être avec elle soignera mon lion malade.

C'est pour ça que j'ai gardé mes distances jusqu'à maintenant. Je n'ai rien à lui offrir, à part une âme torturée et un corps mourant. Pire, la violence qui m'habite me dévore de l'intérieur. Et je ne la mettrais pas en danger, jamais. Je ne suis pas mon père.

« Et maintenant ? »

Elle humecte ses lèvres, mes yeux suivent le mouvement de sa langue. Mes testicules se contractent. « C'est, euh… bon de te voir. Je suis contente que tu t'en sois sorti, toi aussi. »

Ce n'est pas une invitation, pas vraiment, mais je ne peux retenir mes mains, qui se posent sur ses hanches et glissent vers ses fesses fermes. Elle a un corps d'athlète. De longues jambes de coureuse et un cul avec juste ce qu'il faut de courbes.

Elle trébuche et tombe contre moi quand je l'attire plus près. Elle ne résiste pas, mais ne s'abandonne pas encore non plus. Bien sûr, elle n'a aucune raison de le faire. Sa lionne a peut-être reconnu son compagnon, mais nous deux ? On est presque des inconnus.

Pourtant, j'ai l'impression de la connaître.

« Tu m'invites à entrer ? Juste pour boire un café, un truc comme ça ? » Mon lion est prêt à la jeter sur son épaule et à la porter directement dans sa chambre, mais mon côté courtois me rappelle de calmer mes ardeurs. D'y aller doucement. Elle a pris la porte à la seconde où elle a posé les yeux sur moi, bordel. Elle ne va pas tout à coup s'offrir à moi sur un plateau.

Elle hésite. « Ouais. Bien sûr. Mais je dois être ailleurs à seize heures. »

Je pose la main dans le bas de son dos et la raccompagne jusqu'à chez elle. Lorsqu'on arrive devant la clôture derrière sa maison, je me penche pour cueillir une petite fleur violette et la lui offre. « Ta fleur préférée. »

Elle perd un peu de sa méfiance, un sourire flotte sur ses lèvres. « Une fleur sauvage, dit-elle en la portant à son nez. Je n'arrive pas à croire que tu t'en es souvenu.

— Je me souviens de tout à propos de cette nuit. » C'est la vérité. Parfois, je ne me rappelle plus mon prénom, mais je n'oublierai jamais les moments que j'ai passés avec Denali. Ma lionne.

～

Denali

La porte se referme en un dernier claquement. Ils m'ont livrée, nue, à ce mâle. Je ne sais pas depuis combien de temps je suis captive, une semaine environ, mais c'est suffisant pour savoir que les gardes sont dangereux. Ils me traitent bien, mais d'autres prisonniers n'ont pas cette chance.

Un grondement grave vibre dans la gorge du mâle, mais il ne m'est pas destiné. Dès que les gardes ont tiré sur le drap qui m'entourait et m'ont jetée dans la cellule, il m'a serrée entre ses bras musclés. Il est grand, fort. Ses cheveux sont presque rasés à la façon d'un militaire et sa posture m'évoque celle d'un soldat. Mais il n'est pas humain. C'est un lion, comme moi.

Je soupire. « Alors, qu'est-ce qu'on fait maintenant ? »

Il me garde contre lui, et je me rends compte qu'il a positionné son corps de manière à me dissimuler aux caméras. Je suis grande et de carrure sportive, mais il l'est encore plus. Reconnaissante de sa protection, je me recroqueville contre lui.

« Ils devraient plus nous déranger cette nuit si on coopère. Je m'appelle Nash. Et toi ?

— Denali Decker.

— Enchanté. »

Je fais un pas en arrière. Il est sérieux ? Ce n'est pas un foutu rencard. Dès que je m'écarte, il laisse retomber ses mains. Je sens qu'il prend soin de ne pas bouger pour ne pas m'effrayer, et ça me rend encore plus furieuse. « C'est-à-dire, coopérer ? »

Il jette un coup d'œil vers le lit, puis détourne la tête. Je suis ici depuis assez longtemps pour savoir ce qu'il veut dire.

Je secoue la tête. « C'est n'importe quoi, putain. » Je fais volte-face vers la porte, prête à pousser un coup de gueule, à tambouriner contre les murs en exigeant qu'on me libère et qu'on me traite avec un minimum de respect.

« Arrête. » Son ton est urgent. Je me retourne. Ses épaules sont tendues et ses yeux étincèlent, mais je n'y vois ni colère ni défi. Non, c'est de l'inquiétude. Un avertissement. Il a peur pour moi. « S'il te plaît, arrête. »

Par le ciel. Voir un guerrier si puissant être effrayé décuple ma terreur. N'ai-je donc pas la moindre chance ici ? « Tu ne vas pas te battre ? »

Il secoue la tête. « Pas tant que tu es ici.

— Tu es assez fort pour les vaincre.

— Certains d'entre eux. Mais pas tous. Et ceux qui restent s'en prendront à toi. »

Ma bravoure disparaît en un clin d'œil. De qui est-ce que je me moque ? Ils ont écrasé ma fierté sous mes propres yeux. L'ont abattue avec une précision rapide et militaire. Mon grand-père bien-aimé a reçu une balle dans le crâne. Je ferais n'importe quoi pour revenir en arrière et coopérer. Si je l'avais fait, je les aurais peut-être sauvés.

Je serre mes bras autour de ma poitrine. « Alors, on est censés... » Je montre le lit d'un signe de tête. « Et si je refuse... »

De nouveau, il me dissimule à la caméra. Il me ramène vers le lit de camp sans me toucher et dit : « On fera ce qu'ils nous disent de faire », mais je crois que c'est surtout pour les gardes. Je sens qu'il essaie de me faire comprendre autre chose. Son regard est intense, il déborde d'un message. Ou d'une promesse. Il ne me fera pas de mal.

Lorsque l'arrière de mes genoux rencontre le lit, je m'assieds. Il s'accroupit devant moi et pose ses mains sur mes cuisses. La communication silencieuse est toujours là. Comme s'il voulait que je comprenne quelque chose.

Chaque cellule de mon corps est soudain consciente de la proximité de son corps viril. Même si la situation me révolte, un battement lent commence à palpiter entre mes jambes. J'imagine ces mains puissantes remonter sur ma peau.

J'essaie de plaisanter : « Tu ne devrais pas d'abord m'inviter à dîner ? »

Ses pouces décrivent de petits cercles sur l'intérieur de mes cuisses.

Quelque chose frémit dans mon ventre. Du désir ? Impossible.

« C'est n'importe quoi, dis-je de nouveau. On ne se connaît même pas.

— Le doré.

— Quoi ?

— Ma couleur préférée, c'est le doré. Et toi ?

— Je… le violet. » S'il veut jouer à ce jeu stupide pendant que les gardes nous espionnent sur les caméras, qui suis-je pour refuser ?

« Violet et or, dit-il d'un ton songeur. Les couleurs de la royauté.

— Le lion est le roi de la jungle. » Comme je pouvais m'y attendre, l'ironie de ma remarque détachée lui tire un sourire grimaçant. Deux prédateurs dans la force de l'âge enfermés ensemble dans une cellule. Forcés à s'accoupler.

J'ai du mal à respirer. Je baisse les yeux sur ses mains, larges et émaciées. Assez puissantes pour tuer, mais leur contact est délicat. Cette nuit ne sera peut-être pas si terrible. Merde, et si elle était même… plaisante ?

Lorsque je lève la tête, il me regarde fixement. Je sens mes joues chauffer.

« Ta fleur préférée ? demande-t-il.

— Je n'en ai pas. J'aime tout ce qui est de saison, celles qui poussent dans la nature.

— Les fleurs sauvages. » Il penche la tête sur le côté, un sourire en coin illumine son visage séduisant. Ça lui donne l'air plus jeune, presque adolescent. « Tu vois ? » Il serre ma jambe d'un air taquin. « On apprend à se connaître. »

Je regarde la fleur en clignant des yeux, m'oblige à ne pas trembler. Nash et moi n'avons partagé qu'une nuit, mais elle a paru englober l'éternité.

Quand il glisse la fleur sur mon oreille, je pousse un petit cri en découvrant l'état des articulations de ses doigts, sa peau enflée et couverte d'hématomes. Pourquoi n'a-t-il pas régénéré ? Son lion a un problème.

« Qu'est-ce qui est arrivé à tes mains ?

— Des combats. »

La panique me coupe le souffle. « DataX ? »

La violence plane dans l'air à la simple mention de l'entreprise sadique protégée par le gouvernement qui nous a emprisonnés. Celle qui m'a promis de m'apprendre à contrôler ma lionne, mais qui s'est révélée n'être qu'une façade pour de la recherche génétique, des accouplements forcés et des tests d'endurance, c'est-à-dire de la torture.

« Non. Je gagne ma vie en me battant. Je dois le faire. Mon lion… il a besoin de se battre. »

Une fois de plus, je prends un moment pour sentir son animal. Il a quelque chose de sauvage et téméraire, presque comme de l'électricité statique, toujours en mouvement. « Il est malade.

— Sans aucun doute. » Nash m'enlace soudain la taille et je m'immobilise alors qu'il approche son visage de mon cou. « J'ai essayé de te laisser tranquille. Mais j'ai besoin de toi. » Sa voix baisse d'une octave, devient gutturale. « *Compagne.* »

J'ai un nœud dans la gorge. Je n'ai rien à offrir à ce mâle. J'arrive à peine à m'en sortir moi-même. Et pourtant, il m'est littéralement impossible de le repousser.

Il a besoin de moi. Il est brisé et je suis peut-être capable de le soigner. « Chhh, dis-je en lui caressant le dos. Tout va bien. Je suis là. » *Pour le moment.*

« Denali, je peux pas… » Quand il lève la tête, je l'embrasse. Je ne peux pas lui donner grand-chose, mais je peux lui donner cet instant. Cette connexion. Des corps unis dans la recherche du plaisir. Des animaux qui communient.

Je peux lui donner ce qu'il m'a donné la dernière fois. Un moment agréable. Je passe mes jambes autour de sa taille, frotte mon bas-ventre excité sur la bosse formée par son membre.

Il s'arrête le temps de demander : « Ta chambre ?

— Deuxième porte à gauche. » J'enlace son cou et l'embrasse sans retenue. Je connais un instant de panique lorsqu'il manque d'entrer dans la mauvaise chambre, mais il ouvre la bonne porte avec son pied et m'allonge sur le lit.

« Ça va ? » Il fronce les sourcils. Il sait que je cache quelque chose. Ou alors, ça fait partie de ses manières de gentleman.

Je me redresse et enlève mon T-shirt. Son regard affamé se pose sur la naissance de ma poitrine, au-dessus de mon soutien-gorge rouge. « J'ai besoin de toi. » C'est la vérité. Je l'attire sur moi et me délecte de sentir son poids entre mes jambes. L'odeur de vanille et de cannelle s'élève entre nous. Je l'embrasse de plus belle, ma langue pointe entre ses lèvres. J'ai désespérément besoin d'être avec lui, qu'il me croie et ne déterre pas les secrets qu'il vaut mieux garder enfouis.

Une ride creuse son front, mais ça ne l'empêche pas de prendre les commandes, comme je savais qu'il le ferait. Il bouge au-dessus de moi, cale ses hanches entre mes cuisses pendant que sa langue glisse dans ma bouche.

« Denali », soupire-t-il, sa main rugueuse sur mon sein. Il baisse les bonnets de mon soutien-gorge et dévore mon téton, le mordille, le suce et le pince avant de passer à l'autre.

Je gémis et donne des coups de pied contre le matelas, frotte mon bas-ventre transi de désir contre son érection.

Je soulève son T-shirt, griffe lentement sa peau. Il pousse un grondement en donnant un coup de reins.

« Tu as une capote ? » Ma voix est éraillée.

Il se redresse et cligne des yeux jusqu'à ce qu'ils perdent leur éclat ambré et prennent une teinte noisette. « Ouais. » Sa voix est deux fois plus grave que d'habitude. Il sort son portefeuille et fait apparaître un préservatif.

Je tends le bras vers le bouton de son jean, mais il saisit mes poignets et les rassemble au-dessus de ma tête. « J'ai besoin de te goûter d'abord », grogne-t-il.

Oh, par le ciel, oui.

« Tu vas être sage et garder tes mains là où elles sont pendant que je te lèche, bébé ? Ou est-ce que je dois t'attacher ? »

Bordel, c'est comme s'il s'inspirait directement du fantasme que j'ai eu tout à l'heure.

J'essaie de libérer mes poignets. « Je ne suis jamais sage. »

C'est un défi, mais je ne sais pas s'il le relèvera. On ne se connaît pas assez pour les jeux de rôle sexuels, à vrai dire. Merde, je n'ai même pas eu assez d'expériences sexuelles avec d'autres métamorphes pour savoir si ce genre de jeu est sans danger.

Mais ça paraît si naturel. Et le sourire que Nash me fait en réponse est pure malice. Tout en gardant mes poignets dans l'une de ses grandes mains, il me retourne sur le ventre et détache les crochets de mon soutien-gorge.

« Tu sais ce qui arrive aux vilaines filles, Denali ? » Il attache mes mains avec le soutien-gorge en moins de deux secondes. Un vrai scout. Ou soldat.

« Quoi ? »

Il fait pivoter mes hanches sur le côté et frappe mes fesses. C'est une tape dure et autoritaire, elle se répercute directement dans le creux de mes reins. Ma chatte se contracte et je laisse échapper un miaulement tremblant.

Son sourire s'élargit. « Oh, bébé, j'ai imaginé que je te possédais un millier de nuits, mais jamais comme ça. »

Je me lèche les lèvres. Mon cul fourmille là où il l'a frappé et la pulsation dans mon clito occupe toute mon attention. « Pourquoi pas ? »

Il laisse échapper un juron bas et me frappe encore deux fois, puis il me remet sur le dos et ouvre le bouton de mon short. « J'ai besoin de cette chatte, gronde-t-il. Je dois la goûter. »

Le temps qu'il baisse ma culotte, je suis incroyablement mouillée. Il est toujours habillé alors que je me dévoile entièrement à lui, ce qui m'excite encore plus. J'écarte les jambes pendant qu'il embrasse mon ventre qui frémit. Il lèche mon nombril, laisse sa langue descendre. Il passe ses mains derrière mes genoux et m'écarte les cuisses.

« C'est pour moi, bébé ? » demande-t-il avant de lécher mes grandes lèvres.

Je sursaute contre lui, mais il maintient mon bassin et continue son affaire.

Et il n'est manifestement pas là pour plaisanter.

Je n'ai pas oublié les talents de Nash au lit, mais après une si longue période d'abstinence, ils sont encore plus dévastateurs. Le soutien-gorge ligote mes poignets, mais celui-ci n'est attaché à rien, ce qui me permet de baisser les mains sur son crâne. Il n'a pas assez de cheveux pour que je puisse les tirer, aussi je pousse sur sa tête en levant les hanches pour me frotter contre lui.

Il joue avec mes lèvres, me mordille.

Je gémis et gigote. J'ai besoin de plus.

Il suce mon clitoris puis me pénètre avec deux doigts.

Je commence à jouir presque immédiatement alors qu'il me doigte sans douceur. Il fait taper ses articulations contre mon sexe pour plonger plus profondément en moi tandis qu'il donne de rapides coups de langue sur mon bouton de nerfs sensible.

« Nash !

— Ah, c'est ça, bébé. Jouis pour moi. J'ai besoin de te voir jouir.

— Oui, *oui !* » Je hurle, ma chatte se contracte follement alors qu'un ouragan de plaisir s'abat sur moi.

Il ralentit les mouvements de ses doigts jusqu'à ce qu'ils ne soient qu'une lente ondulation, puis sa paume se pose sur mon pubis en un geste possessif. Il remonte le long de mon corps et lorsqu'il me donne un baiser bourru, je goûte mon odeur sur ses lèvres.

Il détache mes poignets sans cesser de m'embrasser, mais il me surprend ensuite en me tournant sur le ventre et en liant mes mains dans mon dos.

Oh là là.

Je n'ai jamais connu ce genre d'expérience au lit. Jamais un moment de jeu, jamais un moment coquin. Nash était déjà l'incarnation du charme masculin à mes yeux, mais ça ? C'est comme du sexe dans une autre dimension. C'est tous les fantasmes et les désirs que j'ai pu avoir, auxquels s'ajoutent tous ceux dont je n'ai jamais osé rêver.

« Puisque tu as du mal à surveiller tes mains, je vais devoir t'aider un peu plus. » Nash est essoufflé, comme si son besoin de jouir le faisait déjà haleter.

Il m'a déjà donné deux orgasmes ; ses couilles doivent être bleues.

« Et il me semble que tu as aimé recevoir une fessée, pas vrai, bébé ? »

Je me tends, m'attendant à de nouvelles tapes, mais rien ne vient. Je prends conscience qu'il attend ma réponse.

« Oui.

— On dit oui, *monsieur*. C'est comme ça que ça marche, normalement. » Son ton est rieur.

Je me pâme au simple fait qu'il *sache* comment ça marche normalement. Quoi que *ça* soit.

« Oui, monsieur. » Ma voix est si caverneuse que je ne la reconnais pas.

Il soulève mes hanches jusqu'à ce que mes genoux glissent sous moi. Je me retrouve le visage contre le drap, le cul en l'air. « Mmm, voilà une belle vue. » Il donne quelques tapes sur mes fesses. J'en veux plus, mais il se saisit du préservatif. J'entends le froissement de l'emballage et il est de retour, presse contre l'entrée de mon sexe.

« *Oui.* » Je prononce le mot comme si sa queue détenait mon salut. C'est peut-être le cas. J'ai tellement envie de lui. Je veux le sentir m'emplir. Me posséder. M'utiliser.

Il grogne en avançant son bassin, l'angle est parfait pour que son gros membre me pénètre profondément. Il agrippe ma taille, ses doigts s'enfoncent dans ma chair. Il ne bouge pas. Je sens ses cuisses trembler contre les miennes, la pulsation de sa virilité épaisse en moi.

« Putain, Denali. Putain. C'est tellement bon d'être en

toi. Encore meilleur que je m'en souvenais. Mieux que n'importe quoi d'autre. » Il bafouille. Offre ses mots aux divinités du sexe. À celles des lions et lionnes.

Enfin, il bouge. Sort, puis *entre*. Il me pilonne comme s'il ne pouvait pas supporter la demi-seconde de retrait. « Bébé, je perds déjà le contrôle. »

Qui suis-je pour me plaindre ? Il m'a déjà fait grimper aux rideaux deux fois. Mais je commence à donner des ordres. « Baise-moi, Nash. J'ai besoin que tu y ailles plus fort. »

Il lâche un juron et me donne des coups de boutoir, me remplit tant que je perds la tête, moi aussi. *Slap slap slap.* Ses hanches frappent contre mon cul, ses bourses contre mon clitoris. Il s'enfonce plus profond, plus fort, plus vite.

Mes yeux se révulsent, mes dents s'entrechoquent.

Son rugissement se répercute contre les murs. Je hurle. On jouit tous les deux, en un orgasme monumental.

Avant même que je puisse m'en remettre, il a détaché le soutien-gorge autour de mes poignets et m'a poussée sur le ventre. Ses doigts se posent sur les miens alors qu'il me baise lentement. Il prend désormais son temps, comme s'il savourait les sensations que je lui procure. Ou qu'il ne voulait pas que ça se termine.

Merde, moi non plus.

Il m'a fait monter plus haut que le septième ciel. Je suis toujours en orbite autour de la lune.

La bouche de Nash trouve mon cou. Il me mord, m'embrasse et me lèche. Trace à nouveau le contour de l'endroit où il m'a marquée.

Ma chatte enserre son membre. Ma lionne ronronne.

Nash libère l'une de mes mains et passe la sienne sous mes hanches. Sans cesser d'aller et venir en moi, il caresse paresseusement mon clito. Je ne suis pas prête à avoir un autre orgasme si vite. Je suis trop détendue. Trop comblée.

Nash n'est pas pressé. Il ne s'agit plus que de plaisir à présent. Ce n'est plus une course vers la ligne d'arrivée. Juste deux corps qui communient. Deux animaux qui s'unissent.

J'essaie de résoudre le problème à toute vitesse dans ma tête, de trouver quoi faire de Nash quand on aura terminé. Comment contourner notre lien. Mais ma lionne ne me laisse pas suivre le fil de mes pensées. Elle ne ressent que Nash qui bouge en moi, combien c'est naturel, la splendeur de ses caresses et de son odeur.

À l'instant où j'ai besoin que Nash s'arrête ou aille plus loin, il bondit, rapide et puissant. Je me retrouve sur le dos et Nash écarte mes jambes davantage pour faire une place à ses hanches. « Je dois encore te baiser, ma reine. » Il plonge en moi entièrement.

La puissance de son coup de bassin me coupe le souffle. J'ouvre la bouche pour crier, ma tête se renverse en arrière, mon menton se tend vers le plafond.

Il recommence ses va-et-vient puissants. Le roi des animaux me lime jusqu'à ce qu'on vole en éclats.

Des étincelles explosent sous mes paupières. Je suis suspendue dans le temps, accablée par un déferlement de plaisir charnel. Il me semble que les grognements proviennent de moi, mais je n'en suis pas sûre. Nos rugissements résonnent dans la pièce, le lit cogne contre le mur.

Il me baise beaucoup trop fort, mais j'adore chaque seconde. Je désire ardemment ce contact brutal, j'ai besoin de plus, plus, plus.

« Oui, Nash… *oui !* » J'enfonce mes ongles dans son dos et je crois que je le mords, même si je ne saurais dire où. Mes yeux se révulsent, la chambre tangue.

« Nash, oh, par le ciel, Nash. » Je marmonne, je scande son nom encore et encore jusqu'à ce que la vague s'apaise et me repose sur le lit immobile.

Nash s'écroule à côté de moi, son torse se soulève rapidement, la sueur scintille sur les boucles brun clair. Je suis le contour des tatouages sur son torse. Il se tourne vers moi et pose la main sur mon sein. « Continue de répéter mon nom comme ça, ma reine, et je te laisserai jamais sortir de ce lit. »

~

Nash

Mon monde — non, mon univers entier — vient de se modifier et de se réorganiser. C'est là qu'est ma place. Dans le lit de Denali. À satisfaire ma compagne.

Mais je n'ai rien à lui offrir, à part un animal brisé et un mâle qui gagne son pain en se servant de ses poings.

Pourtant, mon lion se prélasse, une force renouvelée afflue dans mes veines. Le simple fait d'être avec Denali, de coucher de nouveau avec elle, ranime mon esprit en lambeaux. Je ne sais pas pourquoi j'ai autant besoin de ma compagne, mais c'est le cas. J'ai l'impression que c'est la première fois que je lève la tête pour regarder autour de moi depuis que je me suis évadé du labo. Non, depuis avant l'Afghanistan.

Denali ne me regarde pas, perdue dans ses propres réflexions.

Merde, je n'ai pas la moindre idée de ce qu'elle pense de tout ça. Notre attirance physique est indéniable, d'accord. Mais bien qu'elle paraisse satisfaite, l'énergie qui émane d'elle n'a rien d'*emménageons ensemble et formons un petit couple*. Non, aucun doute : elle dégage une aura de lionne solitaire. Plutôt du genre, *merci pour les orgasmes, on s'appelle à l'occase.*

Je devrais lui laisser de l'espace.

Pas d'espace, gronde mon lion. *Ne la quitte plus jamais des yeux.*

Mais c'est dingue. Je ne vais pas la harceler. C'est vrai, je viens de la poursuivre sur une colline et je l'ai plaquée au sol, mais je n'ai pas pu me retenir.

C'est précisément pour ça que je dois la laisser tranquille. Mon lion n'est pas sain d'esprit. Je suis dangereux. Et je ne veux surtout pas gâcher ce qu'il y a entre nous.

Me rappelant qu'elle doit s'en aller à seize heures, je m'assieds et sors du lit.

~

Denali

« Il est quelle heure ? » Un frisson me traverse quand je consulte mon téléphone. Presque quatre heures. Je me lève et ramasse mon short. « Je dois y aller.

— Je sais. » Nash se penche pour attacher ses bottes, ses muscles attirants brillent sous la lumière de l'après-midi. L'accablement dans sa voix me serre le cœur.

Il sait ce que je m'apprête à dire.

Alors je le dis, en me tournant vers le mur pour passer un T-shirt : « Ouais. Tu ferais mieux d'y aller. » La froideur de mes mots me fait grimacer. « Désolée. J'ai une vie. Un emploi. »

Je l'entends à peine faire un pas avant qu'il soit collé contre mon dos. « C'est pas terminé, Denali. »

Mon cœur se met à battre la chamade. Bien sûr que non. C'était trop espérer de ne partager qu'un après-midi avant de se séparer.

« Je suis en retard. Je dois partir. Nash, s'il te plaît. » Je me tourne pour insister.

Son expression est renfrognée. Il hoche la tête.

« C'est probablement mieux si tu ne reviens pas. »

Eh ben, j'ai l'air d'une mijaurée, mais ma lionne m'empêche de réfléchir. Elle ne veut pas qu'il s'en aille. Je ne suis même pas sûre de le vouloir moi-même. Mais je dois à tout prix me montrer prudente. Pas seulement pour moi. Je dois protéger Nolan.

Son petit froncement de sourcils m'indique qu'il ne partage pas mon avis.

« Tu m'accompagnes à la porte ? »

Il m'escorte, une main dans mon dos. Toujours un gentleman. Même quand nous étions enfermés dans une cellule, il avait gardé ses bonnes manières.

« Alors, tu habites où ? Comment je peux te contacter ?

— Je suis à San Diego. Pas loin d'ici. Je vais te donner mon numéro. »

J'entre son numéro de téléphone dans mon portable. Il ne me demande pas le mien, mais s'il m'a trouvée ici, il le connaît sans doute déjà. « Ça m'a fait plaisir de te voir. » Je suis sincère. Peu importe à quel point son apparition me trouble, je n'aime pas lui dire au revoir. Je verrouille la porte derrière nous. « Je dois filer. » Je l'embrasse sur la joue et trotte jusqu'à ma voiture, mais il l'atteint avant moi et m'ouvre la portière.

Je m'installe derrière le volant et me concentre pour démarrer le véhicule, l'ignore alors qu'il se penche vers moi. « Je suis désolée, dis-je encore une fois. Mais je suis en retard. Je dois vraiment y aller. »

Je sors de l'allée, le laissant là, à me regarder partir. Tout mon être veut faire demi-tour, courir dans ses bras et tout lui expliquer.

Lorsque je secoue la tête, la fleur glisse de mes cheveux. Je ne sais pas comment elle est restée en place malgré toutes nos étreintes. Jusqu'à maintenant. Elle tombe par terre, abîmée, mais toujours belle. Comme le lion que je viens de quitter. Un combattant brutal avec un animal déséquilibré. Mon compagnon.

Merde, que vais-je faire ?

∼

Nash

Je suis la voiture cabossée de Denali à travers la ville. Elle me cache quelque chose. Normalement, je ne filerais pas une femelle, mais mon lion insiste. C'est ma compagne. Même si je ne suis pas en état de prendre soin d'elle.

Elle s'est bien débrouillée toute seule. D'après les informations que Sam m'a communiquées, elle a sa propre entreprise. Elle s'occupe de personnes âgées à domicile. Elle paie presque tout en liquide et vit quasiment en dehors du système.

Sa vieille voiture ne ralentit pas lorsqu'un feu passe au orange, et je dois entrer sur le parking d'une station-service pour ne pas la perdre de vue. Elle ne plaisantait pas quand elle a dit qu'elle était en retard. Ou alors, elle conduit comme une tarée. Quoi qu'il en soit, je la rattrape sans mal et manque presque d'emboutir l'arrière de son véhicule. Elle ne remarque pas que je la suis. Un pli concentré barre son front.

Mon lion l'admire. Il n'a pas été si heureux depuis… toujours. Mon animal est né dans le sang, éveillé pendant la guerre au cours d'un combat. Je ne l'ai connu que comme un tueur de sang-froid.

Sauf avec Denali. Alors que je tapote le volant du bout des doigts, je me rends compte que je souris.

Elle m'a laissé entrer dans son lit, même si elle n'était pas entièrement heureuse de me voir. Mais ensuite, elle était pressée de me faire partir. Ce qui montre simplement qu'elle est intelligente. Peu importe. Même si c'est ce que je devrais faire, je ne compte pas l'abandonner.

Elle fait un court arrêt dans une épicerie et en ressort avec deux sacs avant de continuer sa route. Elle doit avoir d'autres impératifs, parce qu'elle ne prend pas la direction de chez elle. Elle s'insère de nouveau sur le boulevard principal et entre bientôt sur le parking d'un petit bâtiment avec une cour de récréation entourée d'un grillage.

Que fout-elle dans une maternelle ?

Denali disparaît dans l'édifice. Une minute plus tard, elle en ressort en tenant un petit garçon par la main.

Tout mon corps se glace.

Un enfant.

Elle a un enfant. Mais… qui est le père ? Elle n'était pas enceinte quand elle m'a rencontré et je l'ai marquée comme ma compagne. Qui oserait la toucher après ça ? Un humain ? Alors que je cligne des yeux pour en chasser la brume rouge, j'entends un craquement. J'ai cassé le volant. J'ouvre la portière, manque de l'arracher, et j'avale la distance qui nous sépare en grandes enjambées. *À moi*, gronde mon lion. *Mienne.*

Denali lève la tête. Le choc et la peur passent sur son visage, suivis par la colère. Le petit garçon a le nez baissé vers le sol. Il n'a rien remarqué. Elle s'interpose entre lui et moi.

« *N'approche pas*, Nash. » Sa poitrine se soulève rapidement. Elle se prépare à m'affronter. La maman lionne est prête à protéger son lionceau.

Elle croit que je veux lui faire du mal ?

Ouais, je suis sorti comme un fou de la voiture. Elle a raison d'avoir peur. Merde, même moi, je redoute mon lion la plupart du temps.

Les épices de son parfum me parviennent et me font

piler net. Derrière elle, le petit garçon penche la tête pour me regarder. Je reste stupéfait.

Il a les traits et les cheveux de Denali, juste quelques tons plus clairs. Mais ses yeux sont verts, comme les miens.

∾

Denali

Non, non, non.

« Nash, recule. »

Ma voix est lourde d'avertissement. Il s'exécute, descend du trottoir. Je fais passer Nolan en hâte devant lui et assieds mon fils dans son siège enfant.

« Tiens, mon bébé. » Je lui donne une brique de jus de fruits et son goûter habituel. *Garde ton calme. Reste normale.* Même si tous mes plans viennent de capoter.

« C'est qui, maman ? »

Je regarde par-dessus mon épaule. Pétrifié, Nash ne quitte pas Nolan des yeux. Son fils.

« C'est… un ami. »

Mon garçon renifle l'air. « Il est comme moi. C'est un lion.

— Ouais, mon chéri. Mais on ne parle pas de nos animaux en public, tu te rappelles ? » Je ferme la portière et me retourne vers Nash.

Quelle situation merdique.

« C'est quoi ce bordel ? demande Nash d'une voix étranglée.

— Chut. » Je le fais taire, même s'il n'a fait qu'exprimer ce que je pense.

« C'est qui ?

— Mon fils. » Je lève le menton sans me démonter.

« Il a quel âge ? »

Je ferme les yeux. Je n'ai pas envie de vivre ce moment. Je l'ai imaginé une centaine, un million de fois. J'ignore si je voulais qu'il arrive, ou si je savais seulement qu'il était inévitable.

« Denali, quel âge ?

— Trois ans. Il a trois ans. » J'ai des vertiges, incapable d'empêcher la scène de se produire. Ces trois dernières années, j'ai consacré toute ma vie à protéger mon seul point vulnérable : mon beau garçon, qui mange ses biscuits en forme d'animaux et boit son jus dans son siège.

« C'est le mien. » Nash veut me contourner, mais je lui bloque la route.

« N'approche pas. »

Il s'arrête, se tord le cou pour regarder derrière moi. « Tu ne veux pas que je l'approche. » C'est une observation, pas une question. Elle me fait l'effet d'un coup de poing dans le ventre.

C'est vrai, il a raison.

Et pourtant, n'ai-je pas souhaité un millier de fois que le père de Nolan soit présent dans sa vie ? N'ai-je pas imaginé Nash comme un bon père ?

Mais c'était un Nash différent. Un Nash que j'ai créé à partir de mes souvenirs et de mes fantasmes. Il n'existe pas. Le vrai Nash semble tout juste arriver à survivre.

Mes épaules s'affaissent. « Nash, je… je ne veux pas qu'il souffre. Je ne peux pas le laisser s'attacher à quelqu'un qui ne restera pas dans sa vie. »

Un muscle tressaute sur sa joue. « Qui a dit que je ne resterai pas ?

— Je n'ai jamais dit que tu pouvais rester », dis-je en pinçant les lèvres.

Ce n'était pas la chose à dire. Que je le veuille ou non, il a légalement le droit de voir son fils. Mais il ne proteste pas. Il frotte ses joues mal rasées, essaie toujours de regarder Nolan par-dessus mon épaule.

L'énergie de son lion me fait plus que jamais penser à de l'électricité statique.

Je frissonne, l'instinct de ma lionne me dit que j'ai commis une erreur, mais je l'ignore.

« Tu as un fils. » Son ton émerveillé aurait plus de sens s'il avait dit *nous avons un fils*. Cette omission déclenche des sonnettes d'alarme dans ma tête.

« Ouais. Il s'appelle Nolan. Il est vraiment super. » Je réprime mon désir intense de lui parler de Nolan, de le mettre au courant de chaque étape que son fils a passée pour qu'il les célèbre. Pour qu'il s'amuse avec moi de la mignonnerie à laquelle je suis exposée au quotidien. Pour qu'il l'aime autant que moi.

« Denali, souffle Nash. Je ne savais pas. »

Je ne peux empêcher les mots de sortir de ma bouche et de flotter entre nous. « Reviens ce weekend. On pourrait aller au parc, un truc comme ça. Tu pourras le rencontrer. *Si* tu ne lui dis pas que tu es son père. »

Agent Dune

Charlie grimpe la corde suspendue à la fenêtre de toit et se glisse à l'extérieur de la luxueuse demeure de sa cible avant de replacer et fermer délicatement le dôme en verre.

Les mouchards ont été placés chez Duke Ducey, contrebandier international. Il a dû écourter son séjour personnel à Tucson pour exécuter l'ordre.

Aussi silencieux qu'un chat, il se suspend au bord du toit à bout de bras et projette son corps loin de la maison, par-dessus la clôture métallique de plus de deux mètres de haut. Il atterrit sans un bruit en une profonde génuflexion et soulève le masque noir qui recouvre sa peau pâle. En restant dans l'ombre, il remonte d'un pas vif le pâté de maisons jusqu'à sa voiture, qu'il a garée à l'abri des regards sous des arbres.

Il appelle son agente de liaison une fois sur la route. « C'est fait. La transmission en direct devrait fonctionner. Essaie.

— Déjà sur le coup », chantonne l'agente Ann Gray. Le bruit des touches d'ordinateur sur lesquelles elle tape rapidement résonne en arrière-fond. C'est une analyste d'une trentaine d'années ; elle n'est jamais allée sur le terrain, mais se révèle extrêmement utile pour la sécurité de l'information et les transmissions. « Ouais, la vidéo fonctionne. Je vais l'enregistrer sur le serveur Degas et le tien. Tu veux que je surveille quelque chose de précis ?

— Non, je m'en occuperai. » Il hésite. « J'aurais besoin que tu enquêtes sur autre chose pour moi, en revanche. Pour une autre affaire.

— Pas de souci. Qu'est-ce que c'est ?

— Un labo à Mexico qui a entièrement brûlé il y a dix-huit mois. »

Elle ne dit rien pendant quelques secondes. « C'est une requête personnelle ? » Il entend la tension dans sa voix.

Merde. Il ne connaît pas assez bien Gray pour lui demander ce service. Elle semble vouloir faire ses preuves, mais ça signifie qu'elle est tout autant avide de plaire à ses supérieurs. *Leurs* supérieurs.

Ceux qui lui ont dit d'arrêter de s'intéresser à l'affaire DataX. Son boulot, c'était de l'enterrer. Pas l'inverse.

Tu ne sais pas ce que tu es. La remarque moqueuse de Jared Johnson résonne dans son esprit.

Il avait suivi les associés de Nash, ceux en lien avec l'incendie du labo, en Arizona, où ils avaient organisé un autre combat clandestin. Charlie avait réussi à entrer, mais les flics du coin avaient débarqué et tout fait foirer. Sa seule option avait été de prendre les choses en main et de s'assurer qu'ils embarquent Jared, l'un des combattants, pour l'interroger. Charlie a vu ses yeux changer, comme ceux de Nash en Afghanistan. Tout comme il se rappelle avoir vu ceux de son père changer. Jared est l'un d'entre eux, l'un de ces superhumains créés ou améliorés dans les labos de DataX financés par le gouvernement. Et Charlie a besoin d'en savoir plus sur le projet. Quel lien il avait avec son père. Ce qui lui est arrivé.

Son autorisation gouvernementale ne va pas assez haut pour obtenir cette information. Il poursuit donc l'enquête par ses propres moyens. Et après le commentaire de Jared, ses recherches ont dépassé le stade de la simple curiosité. Elles s'apparentent maintenant à une obsession.

Il s'est renseigné sur toutes les personnes qui gravitent autour de Jared, de la jolie avocate blonde à son partenaire, Garrett Green. Les entrepôts à Tucson où sont organisés les combats clandestins sont à son nom. La sœur de Garrett, Sedona, a été déclarée disparue au Mexique. Toutes les personnes ayant un lien avec les combats se trouvaient à Mexico au moment de l'incendie du labo, tout comme les combattants de San Diego étaient impliqués dans l'incendie de DataX.

Il n'a pas trouvé grand-chose dans les dossiers gouvernementaux sur le laboratoire de Mexico. Pas même des infos confidentielles inaccessibles avec son niveau d'autorisation.

« Ouais, c'est personnel. » Il pousse un soupir et attend.

Gray ne répond pas tout de suite. « Je vais avoir des ennuis si je mène l'enquête ? »

Il voit une opportunité. Elle n'a pas encore refusé. Elle

veut l'aider. « On ne m'a pas donné l'ordre direct de ne pas enquêter. »

Elle émet un rire étranglé. « C'est sans doute parce que personne n'est au courant de ce que tu fais. »

Sait-elle quelque chose ? Elle doit avoir des informations sur Mexico pour mettre en doute ses motivations.

« Dis-moi un truc, Dune. Pourquoi ces labos incendiés t'intéressent tant ? Tu as perdu quelqu'un ? »

Il hésite. « Ouais. » C'est un mensonge, mais il espère s'attirer sa sympathie. Ça pourrait cependant se révéler une erreur monumentale. Elle ne lui dira peut-être rien si elle pense qu'il veut se venger.

« Je suis navrée, dit-elle d'une voix douce. Je vais enquêter sur le labo. Mais je ne pense pas que ça ait le moindre rapport avec lui.

— Moi non plus. Tout ce que tu pourras trouver serait utile : ce qu'ils étudient, sur qui ils ont fait des expériences. Merci, Gray.

— J'aurai peut-être besoin que tu me rendes service un jour. »

Le coin de sa bouche se soulève. Donnant-donnant. Mais de quoi l'adorable et prudente Ann Gray pourrait-elle bien avoir besoin ?

Fascinant.

« Ce jour-là, tu sauras où me trouver. » Il raccroche et range son téléphone.

Bientôt. Il aura peut-être des réponses, après une vie à se demander qui était son père. Ou plutôt, à se demander ce qu'il était.

CHAPITRE CINQ

Nash

Assis sur le banc d'un parc, je regarde le petit Nolan jouer dans le bac à sable. Il est alerte, son regard vif tandis qu'il remplit un seau et aplatit le sable avec une pelle. Ce gosse est intelligent.

Mon garçon. Mon fils.

Mes tripes se nouent. J'ai été hébété toute la semaine. Dans un état de stupeur, vraiment. Je me rappelle à peine comment j'ai occupé les heures jusqu'à ce que je puisse revenir les voir.

Mais je n'ai pas ce qu'il faut pour être un père. Ou un compagnon convenable, comme le mérite Denali. Je ne suis que l'ombre d'un homme, coincé avec un animal que je contrôle à peine.

Pour la quatrième fois, je parcours des yeux le parc à la recherche d'un danger. Je mémorise chaque personne, chaque élément qui pourrait représenter une menace.

Denali approche et s'arrête à quelques pas de moi. Elle m'a envoyé l'adresse du parc par message. J'imagine qu'elle ne voulait pas que je revienne chez elle, et je dois respecter son souhait.

Je remarque qu'elle se tient entre le garçon et moi. Elle ne nous a pas encore présentés. Je suis arrivé et me suis assis pour l'observer. Je ne suis même pas sûr de vouloir être présenté. Elle ne veut pas qu'il apprenne que je suis son père.

Même si je sais que c'est pour le mieux, cette injustice fait rugir mon lion.

À moi. Mon lionceau. Ma compagne.

Mais je ne peux pas les revendiquer. Et je ne veux surtout pas effrayer Denali. Elle protège son petit, et à juste titre.

« Il est intelligent, dis-je.

— Ouais.

— Comment… » Je ne termine pas ma phrase. Je ne sais pas par où commencer, quelle question poser.

Elle s'accroupit. « J'ai su que j'étais enceinte quelques jours après qu'on… tu sais. Peu après, j'ai eu l'opportunité de m'évader et je l'ai saisie. Je suis en cavale depuis. »

Je déglutis. Lorsque DataX l'a enlevée de chez elle, à la Nouvelle-Orléans, ils l'ont brisée en tuant son grand-père et trois autres membres de sa famille. Elle n'a personne depuis son évasion. Elle a eu ce bébé… seule.

De toutes les choses impardonnables que j'ai commises, la laisser seule alors qu'elle était enceinte arrive en tête de liste. Le fait que j'étais prisonnier n'a aucune importance. J'étais censé la protéger. La culpabilité dévore mon lion.

« Quand j'ai appris que le labo avait brûlé, j'ai cru que je ne risquais plus rien. Je ne pouvais pas passer ma vie à fuir. Nolan avait besoin de stabilité. »

Alors, elle s'est installée quelque part, ce qui a permis à Sam de la localiser. « Tu ne voulais pas que je te trouve.

— Pas exactement. » Elle s'interrompt et soupire. « Je

crois que j'espérais que tu avais survécu. Que tu le rencontrerais un jour.

— Et après ? » Je la regarde fixement en me demandant ce qu'elle va répondre. Y a-t-il une place pour moi dans leur vie ? Et si c'est le cas, en voudrais-je ? Suis-je seulement en état de l'envisager ?

Elle hésite, jette un coup d'œil au garçon à la chevelure bouclée. « Nolan est ma priorité. Je ferais tout pour le rendre heureux et le garder en sécurité. »

La voilà. La raison pour laquelle je n'aurais jamais dû chercher à retrouver Denali ni venir ici. Ma vie, mon animal est l'inverse de la sécurité.

Mon portable vibre, brisant le silence. Je me lève. « Je dois répondre.

— Nash, c'est Parker.

— Ouais ? » Je n'ai aucun combat avant quelques jours, donc je ne sais pas ce qu'il veut.

« On est à Tucson. Il s'est passé quelque chose.

— Quoi ? » Putain, je ne sais pas pourquoi il me fait un rapport comme si j'étais son alpha. À moins qu'ils aient besoin d'aide, mais dans ce cas, ils contactent la mauvaise personne.

« Les flics ont débarqué pendant le combat. Ils ont arrêté un des combattants. »

Je n'ai pas le temps pour ces conneries. Je suis dans un parc, avec un enfant qui porte mes gènes. Agacé, je grommelle : « Pourquoi tu me dis ça ?

— Il y avait un agent gouvernemental. Un métamorphe, au moins partiellement. Et, Nash… il a posé des questions sur les labos.

— Merde. » Le sol tangue sous mes pieds.

« J'ai pensé que tu devais être mis au courant. Si Sam a réussi à trouver ta compagne, ce type pourrait y parvenir aussi. »

Non.

Je ne peux pas risquer que ma compagne soit découverte. Ma compagne et son enfant.

Inacceptable.

Je raccroche sans rien ajouter et reviens lentement vers eux en serrant les dents.

Denali se raidit, comme si elle savait que j'allais annoncer de mauvaises nouvelles. Je cligne des yeux jusqu'à ce que mon lion rentre en moi. « Tu dois déménager. »

Elle se retourne brusquement et regarde par-dessus chacune de ses épaules.

« Un agent gouvernemental traque des métamorphes. Si je t'ai trouvée, il peut le faire aussi. »

Ses yeux prennent un éclat bleu-gris pendant un instant, sa lionne transparaît. « Où ça ?

— Il a arrêté un métamorphe à Tucson et lui a posé des questions sur le labo.

— D'accord… Il n'a pas l'air d'être à ma recherche.

— Non, mais tu ne peux pas prendre de risques. Tu dois partir. Tu peux venir vivre avec moi. » Au moment où je le dis, je maudis l'état du taudis dans lequel j'habite. Il n'est certainement pas digne d'accueillir Denali et son fils.

« Je ne sais pas, Nash. Je commence à peine à prendre mes marques ici. J'ai monté une petite entreprise. Nolan adore sa maternelle. »

Une vague de honte me traverse. Elle a été obligée de gagner sa vie tout en élevant son fils. Ma compagne s'est tuée au travail en tant que mère célibataire. C'est moi qui devrais subvenir à leurs besoins.

Je fourre les mains dans mes poches. « Bon. Alors je reste ici. Tu as besoin d'être protégée. »

Elle plisse les yeux. « Je ne sais pas… »

Je me fous qu'elle ait envie de recevoir ma protection

ou pas, elle l'aura. Mais je comprends qu'elle ne me veuille pas auprès de son lionceau. Elle n'est pas prête. Je lève la main. « Je ne resterai pas dans tes pattes. C'est promis. » Je pourrais emménager dans une maison non loin de la sienne. Ou alors, je m'achèterai une foutue tente et je camperai dans la colline derrière sa propriété. Ce n'est pas comme si je n'avais jamais vécu dans une tente. J'ai effectué cinq missions en Irak et en Afghanistan.

Elle fait un hochement de tête évasif et son regard descend vers le petit garçon dans le bac à sable. Il nous regarde du coin de l'œil.

« Tu veux le rencontrer ? »

Mon cœur tambourine. *Non.* Oui. Putain, je ne sais pas. Je déteste le fait que je ne connais pas déjà ce gosse. Mais je pense aussi que Denali a raison de ne pas m'accueillir à bras grands ouverts. Je n'ai rien à offrir à mon lionceau. Rien, à part du chagrin et de la souffrance.

Une ride apparaît entre les sourcils de Denali.

« Ouais, dis-je après m'être éclairci la gorge. Bien sûr.

— D'accord. Viens. » Elle se dirige vers le bac à sable. Je la suis à quelques pas de distance, en surveillant une fois de plus le parc à l'affût de n'importe qui de louche. Il est désert.

Le garçon cesse de jouer, mais ne se lève pas. Il se contente de me regarder. Ses boucles brun clair tombent devant ses yeux.

« Nolan, voici… un ami. Il s'appelle monsieur Nash.

— Juste Nash. » Je m'accroupis. « Salut Nolan. »

Les narines de Nolan s'évasent, sans doute parce qu'il a senti l'odeur de mon lion.

« Ouais, je suis comme ta mère et toi », dis-je en guise de confirmation. Puis je prends conscience que *ta mère* ne paraît pas le bon terme. Un peu formel pour un enfant de son âge. Comment l'appelle-t-il ? *Maman ? Moumoune ?* Ce sont des choses que je devrais savoir.

Il reporte son attention sur son château de sable et tasse le sable humide.

Je ne me suis jamais senti aussi perdu. « Qu'est-ce que tu fais ? »

Le garçon ne lève pas les yeux. « Un robot-voiture. Une voiture qui conduit toute seule. Maman en veut une parce qu'elle aime pas les bouchons. »

Maman. Maintenant, je sais.

Je ne peux m'empêcher de sourire alors que Denali hausse les épaules en baissant la tête. C'est un aperçu minuscule de leur vie, mais si doux. J'imagine Denali qui conduit Nolan à travers la ville et lui parle des choses qu'elle aimerait avoir.

Cette pensée me fait littéralement mal au cœur. Je veux connaître tous ses désirs, même les plus anodins, comme une voiture avec pilote automatique. Le souvenir de ce qu'on a fait la dernière fois que j'étais chez elle envahit mon esprit, et mon sexe gonfle.

Du calme, mon grand. Pas ici. Pas devant son fils. Notre fils. Pourquoi ai-je tant de mal à l'accepter ? Peut-être parce que je ne connais rien aux enfants. Parce que ce petit est un inconnu. Ou parce que je n'endosserai pas le rôle de son père. À cette pensée, la chair de poule se déploie sur chaque centimètre de ma peau.

Vais-je permettre qu'un *autre* connard soit un père pour lui ?

Putain, il faudra me passer sur le corps.

« Je n'ai jamais vu d'autre lion », dit le garçon. Il n'a toujours pas levé les yeux de sa construction en sable.

« Ouais, mon non plus. Je n'ai même jamais vu la lionne de ta maman. » L'envie de découvrir son animal me prend à la gorge, comme si un poing s'était refermé autour de mon T-shirt, m'entraînant plus loin dans les profondeurs du désir.

Celui-ci ne m'est pas familier. Ai-je envie de la posséder sous nos formes animales ? D'après Parker, seuls les métamorphes de la même espèce peuvent le faire. C'est pour cette raison que Declan et lui ont été soumis à des expériences de croisement génétique sous la supervision du Dr Smyth.

Putain, oui. J'en ai envie. Ou du moins, la course-poursuite me fait envie. La chasse. Je veux courir avec elle, l'allonger sur le dos et tenir sa gorge dans ma gueule pour exiger qu'elle se soumette. Puis muter et baiser son corps sublime d'humaine. Parce que, merde. Je ne me lasserai jamais de regarder cette perfection.

En voyant Denali mordiller sa lèvre inférieure, je me demande si elle pense à quelque chose de similaire.

～

Denali

Vingt minutes avec Nash, et je ne pense qu'à remettre le couvert avec lui. Mais je ne peux pas. Nolan n'a pas école le weekend. Je n'inviterai pas Nash à entrer, ni à rester, pendant que Nolan est à la maison.

Pas avant que…

Je ne sais pas.

Je suis effrayée par la puissance de mon attirance pour ce type dont je ne sais presque rien. Je ne pense pas qu'il ferait de mal à Nolan ou à moi. Pas de cette manière.

Mais je dois rester prudente. Émotionnellement parlant.

Je ne veux pas que Nolan s'attache à quelqu'un s'il ne

fera pas partie de sa vie de façon permanente. Je ne veux pas qu'il ait le cœur brisé.

Merde, je ne veux pas non plus avoir le cœur brisé. Et même si c'est moi qui suis partie la dernière fois, Nash a tout de même gardé un morceau de mon cœur.

Sinon, il n'aurait pas hanté mes rêves tout ce temps, n'est-ce pas ?

Il joint ses mains et j'observe à la dérobée les muscles noueux de ses avant-bras, ses poils blonds bouclés qui brillent sous le soleil. Ses tatouages dépassent de ses manches courtes. Quel bel homme.

Ouais, moi aussi, j'ai envie de voir son lion.

« Et tes parents ? lui demande Nolan. Tu n'as pas vu leurs lions ? »

Je tends l'oreille. J'ai besoin d'en savoir plus sur Nash. « Mes parents n'étaient pas avec moi quand j'étais petit. » Sa voix étouffée par l'émotion me laisse deviner qu'il ne dit pas tout. « J'ai grandi en foyer. Je n'ai jamais rencontré mon lion avant l'Afghanistan… » Il ne termine pas sa phrase, et je comprends qu'il veut protéger Nolan des horreurs qu'il a connues dans sa vie. Je comprends, parce que je dois constamment faire la même chose.

« Nash était un soldat, il a fait la guerre, Nolan. C'est un héros pour notre pays. Son lion lui a sauvé la vie pendant la guerre. »

Nolan pose sa pelle et regarde Nash droit dans les yeux pour la première fois. « Les lions, c'est des héros ? »

La souffrance passe sur les traits de Nash.

« Oui », dis-je en m'asseyant en tailleur à côté de mon fils. Je parle pour devancer la réponse que Nash s'apprêtait à lui donner. Ou ce qu'il pense. Je n'aime pas la lueur torturée que je décèle dans ses yeux. Il est sans doute plus traumatisé par la guerre que je ne peux l'imaginer.

« Tu te rappelles que le lion est le roi de la jungle, mon bébé ? »

Nolan ne le quitte pas des yeux. « Tu es un lion de montagne ? »

Nash laisse échapper un rire surpris. « Non. Un lion de la jungle.

— Je croyais que tous les lions avaient la peau noire.

— Ah. » Nash me regarde, un peu déstabilisé, comme s'il ne s'était jamais demandé pourquoi il est blanc. « Eh ben, ouais. J'imagine que tu as raison, les lions viennent d'Afrique. Peut-être que mes ancêtres se sont mélangés avec des humains ou d'autres métamorphes aux États-Unis et que leur peau s'est éclaircie avec le temps. Comme toi : ta peau est plus claire que celle de ta maman.

— Ouais, et la mienne est plus claire que celle de mon papa. » Nolan et moi en avons déjà parlé, mais je ne lui ai jamais expliqué la chose en termes de reproduction. Je ne voulais pas qu'il s'interroge sur la couleur de peau de son père. Je lui ai simplement dit qu'il existait des lions avec différents pelages. Je ne sais pas comment il en a conclu que les lions avaient forcément la peau noire. Bien sûr, il a raison. Les seuls lions métamorphes que j'ai connus avant Nash étaient d'origine africaine.

« Intelligent, ce gosse », marmonne Nash. Un sourire en coin étire mes lèvres.

« Ouais. » J'espère que Nolan ne me posera pas de questions sur la personne avec qui je l'ai conçu. Je crains que si.

« Est-ce que tu es mon papa ? »

Merde !

Beaucoup trop intelligent.

Nash, qui était accroupi, manque de tomber à la renverse. Il prend son temps pour s'asseoir et époussette le sable sur ses jambes avant de répondre. « Non. »

Il prononce le mot d'un ton bourru, voilé. Je n'arrive pas à déterminer si c'est parce qu'il n'aime pas mentir à notre enfant, mais je suis reconnaissante qu'il ait respecté notre accord.

Même si la déception imprimée sur le visage de Nolan me tue.

Il se lève et court vers les balançoires, comme s'il cherchait à s'éloigner de Nash. Ou à se cacher. Il est trop petit pour monter dessus tout seul, mais il ne demande pas d'aide ; il s'accroche au siège et se balance, ses petits pieds traînent dans le sable derrière lui.

Nash se lève. Pendant une seconde, je crois qu'il va partir, et je ne sais pas si je suis déçue ou soulagée, mais il marche jusqu'aux balançoires.

« Tu veux que je te pousse ?

— Non. » Nolan semble boudeur.

« Tu es sûr ? demande-t-il avec une incrédulité feinte. Parce que personne ne pousse aussi bien que moi dans le monde entier. T'as jamais entendu parler de moi ? »

Il a attiré son attention, mais notre fils est toujours renfrogné. « Non.

— Je sais pousser lentement, moyen, vite, et te faire monter très haut. Je connais les ralentissements contrôlés et les pas de côté. Tu sais pas ce que c'est, je me trompe ? »

Nolan secoue la tête, mais il cesse de traîner ses pieds dans le sable et se lève.

« Tu veux essayer ? »

Mon garçon hausse les épaules.

« Qu'est-ce que tu penses de ça : tu essaies et tu me dis si ça te plaît. Si c'est pas marrant, on arrête. D'accord ? »

Nolan tend le bras vers la chaîne et Nash le soulève pour l'asseoir sur le siège en plastique. « Maintenant, dis-moi. Tu aimes aller haut ?

— Oui. »

Nash recule le siège avec prudence, attentif à ne pas faire glisser Nolan vers l'avant. « Accroche-toi bien. »

Je fais un pas dans leur direction pour dire à Nash de ne pas le balancer trop haut, mais il me fait un clin d'œil par-dessus son épaule et laisse Nolan redescendre doucement.

Oh, mince. Quand il veut, ce mâle n'est que pure séduction.

« Encore ! » crie Nolan.

Nash l'attrape par la taille pour le stabiliser sur la balançoire avant de le pousser de nouveau. Nolan s'élève plus haut en battant ses petits pieds avec ravissement.

Je souris, mes épaules se détendent. C'est exactement ainsi que j'ai toujours imaginé Nash en tant que père : capable, protecteur, *adorable*.

Pas le mâle brisé assis sur le banc du parc quand je suis arrivée. Nolan révèle ce qu'il y a de meilleur en lui. Ce que je peux comprendre. Il a également révélé le meilleur en moi. Il m'a appris l'amour, la confiance, la joie. La vulnérabilité.

Ce serait dégueulasse d'en priver Nash. De garder Nolan loin de lui.

Mais c'est aussi mon bébé. C'est mon rôle de le protéger. Je dois faire preuve d'une extrême prudence.

Nash continue à pousser Nolan, bien plus longtemps que j'en ai jamais eu la patience. Chaque fois que Nolan crie : « Plus haut ! », Nash le fait monter un peu plus haut tout en veillant à sa sécurité, ce qui me retient d'intervenir.

Au bout d'un moment, j'intercède pour secourir Nash. Il en a fait plus que n'importe quel parent lambda. « C'est bon, bébé, laissons Nash se reposer un peu.

— Non ! proteste Nolan en secouant les jambes. Plus haut ! »

Nash enlace sa taille et retient le mouvement de la

balançoire jusqu'à ce qu'elle s'arrête. « Tu as entendu ta maman. » Son ton est plus cajoleur que sévère. L'émotion me noue la poitrine. L'étrange envie est de retour.

Un compagnon pour m'épauler en tant que parent.

Nash met les mains dans ses poches et me jette un coup d'œil à la dérobée.

Il en veut plus. Évidemment.

Est-ce une bonne idée ?

« J'ai faim », annonce Nolan.

Je sors quelques biscuits de mon sac et les lui donne.

« Bon… merci de m'avoir invité, dit Nash. Je ferais mieux d'y aller. »

Je suis surprise qu'il me facilite les choses. Il me laisse l'opportunité de mettre fin à notre après-midi au parc et de partir.

Mais ça ne me paraît pas correct. Chaque cellule de mon corps veut se rapprocher de Nash. Passer aux choses sérieuses avec lui. L'inviter chez moi. Le déshabiller. Lui faire la pipe de sa vie, juste pour le remercier d'être si génial avec Nolan.

Je suis cependant sûre d'une chose. Un lion dominant comme Nash ne renonce pas facilement. Donc, s'il me donne cette occasion, je dois en profiter.

Je soulève Nolan et le pose sur ma hanche, puis parviens à articuler : « Ouais, c'était sympa. »

Une émotion ressemblant à de la souffrance empreint le visage de Nash, mais elle disparaît avant que je puisse deviner ce que c'est.

« Hum… Est-ce que je te reverrai ?

— Oui. » L'assurance totale dans sa voix fait courir un frisson sur mon échine. J'entends une promesse dans ses mots, mais je ne peux la déchiffrer. Il a une idée derrière la tête.

Ça devrait m'inquiéter, mais ce n'est pas l'émotion qui s'empare de mon corps.

Non. C'est du désir.

Nash ne m'a pas abandonnée.

Et il ne le fera sans doute pas.

Jamais.

À cette idée, ma lionne ronronne.

CHAPITRE SIX

Nash

LE LEVER DU JOUR SUR TEMECULA EST MAGNIFIQUE. Totalement différent de celui de San Diego, où la côte est bordée de brouillard. Je regarde le soleil illuminer la colline dorée derrière la maison de Denali, où j'ai dormi, puis des rayons roses inondent la maisonnette et les vignes en contrebas.

Quand sa vieille voisine sort avec son café sur son porche, je m'immobilise pour ne pas attirer son attention.

Je suis courbaturé après avoir dormi par terre sans même une couverture, mais la satisfaction d'avoir veillé sur ma compagne et notre petit surpasse tout le reste. Je me fiche bien de devoir passer le restant de mes nuits sur des cailloux. Si c'est pour les protéger, je le ferai.

Je tourne la tête vers le bas de la colline. La voisine de Denali est rentrée. Je me lève et m'étire, puis m'approche discrètement de la maisonnette. Je dois l'admettre, j'espère apercevoir Denali ou Nolan. J'ai beau rester à distance par respect, leur vie m'attire comme un aimant. Je veux tout savoir sur eux : leur routine quotidienne, ce qu'ils mangent au petit-déjeuner, quelles émissions télé ils regardent.

Un mouvement attire mon regard. La voisine est de retour sur sa terrasse, un fusil de chasse dans les mains. Elle tire avant que je puisse réfléchir.

C'est un tir d'avertissement. Du moins, je l'espère. La balle ricoche sur un rocher non loin de moi. Je dévale la colline au pas de charge. « Pas un pas de plus ! » crie-t-elle.

Je me force à ralentir, trotte au lieu de courir, mais continue d'avancer. Personne ne tire des coups de feu près de ma famille. Pas même une soixantenaire vêtue d'une blouse de jardinage à fleurs.

Denali sort de chez elle comme une fusée. La voir dehors sans protection me tire un grondement. Elle pose les yeux sur sa voisine, puis tourne les talons et me voit.

Étonnamment, mon lion ne veut pas attaquer la femme. Je ne sens pas la violence habituelle monter en moi. Seulement le besoin de protéger. Ce qui, dans ce cas précis, nécessite que je sois calme. « Posez votre arme », dis-je de ma meilleure voix d'alpha. Mais ça s'avère inutile : Denali a déjà foncé sur sa voisine et lui a arraché le fusil des mains. Je m'attends à moitié à ce qu'elle le braque sur moi, mais elle vide le magasin avant de jeter l'arme dans le parterre de fleurs.

Lorsqu'elle se retourne vers moi, la lionne brille dans ses yeux et elle respire fort.

Et… merde. Elle porte le T-shirt le plus fin imaginable et un petit short qui donne l'impression que ses jambes font des kilomètres. Elle plante les mains sur ses hanches. « Je peux savoir ce qui se passe ?

— C'est lui ? » demande la vieille dame alors que je m'approche à grands pas. Même si elle n'est plus armée, elle a toujours l'air préparée à m'assassiner si nécessaire.

Il y aurait de quoi le prendre mal. Denali semble perplexe. « Qui ?

— Celui dont tu te caches. C'est lui, le père du gamin ? »

Ses mots me frappent comme un coup de poing dans le ventre, mais la réaction de Denali n'est pas logique. Elle bafouille. « Non ! Enfin… c'est compliqué. Quoi qu'il en soit, pourquoi lui tirer dessus ?

— Je l'ai vu traîner autour de chez toi. On dirait qu'il a dormi ici. » Elle me lorgne avec un air mauvais. Ses yeux sont d'un gris minéral qui colle bien à son tempérament d'acier. « Tu as passé la nuit ici ? »

J'opine du chef. Mentir ne servirait à rien. Je me tourne vers Denali. « Je peux pas te laisser sans protection. »

Son regard s'adoucit, mais elle s'approche et frappe mon torse. « Idiot. Tu as fichu la trouille à Mme Davenfield. Quoi, tu as dormi sur la colline ? À la belle étoile ? »

Je ne peux m'empêcher d'esquisser un lent sourire. « Les étoiles étaient magnifiques, mais pas autant que toi dans ce petit… »

Elle m'interrompt d'une nouvelle tape sur le torse. « Ça suffit, Roméo. Entre manger quelque chose. » Elle me tire pour m'éloigner de la terrasse en bois de sa voisine. « Je suis navrée, madame Davenfield. Aucune raison de s'inquiéter. Nash n'est pas dangereux. Il a juste peur que quelqu'un me cherche des ennuis.

— J'ai aussi peur des voisines toquées armées de fusils, dis-je dans ma barbe sans me retourner.

— Tu as bien raison », lance Mme Davenfield dans mon dos. Son ouïe semble aussi bonne que sa vue. « Dans la région, traîner autour de la propriété de quelqu'un à cinq heures du matin peut te valoir une volée de plombs.

— Je m'en souviendrai, m'dame.

— Tu m'as l'air d'un type qui sait se servir d'une arme. »

Je me retourne pour regarder plus attentivement la femme, reconnaissant qu'elle soit la voisine vigilante de Denali. Peu lui échappe.

Denali passe son bras sous mon coude et me tire en avant. « Viens, Nash, je vais te préparer un petit-déjeuner. Tu aimes le bacon ? »

Mon ventre gargouille. « J'adore ça. » Je suis surpris du plaisir intense que je ressens quand elle propose de cuisiner pour moi. Tout à coup dur comme la pierre, je me demande si Nolan est encore au lit.

Dès qu'on passe la porte de chez elle, j'enlace sa taille d'un bras et la colle contre ma queue dressée. Mes dents effleurent son épaule. « Promets-moi quelque chose », dis-je à voix basse.

Son doux parfum de cannelle emplit la pièce. « Quoi ? » Sa voix est rocailleuse.

Je passe la main entre ses jambes et la pose sur son pubis. « Ne sors plus jamais de chez toi habillée comme ça.

— Sinon quoi ? » Son ton de défi fait passer mon désir au niveau supérieur.

Je lève une main pour malaxer son sein pendant que mes doigts glissent sur la couture de son short, appuient contre sa fente.

« Pour commencer, je devrai tuer tous les mâles qui posent les yeux sur toi. »

Elle renverse la tête sur mon torse et fais onduler ses hanches vers l'avant pour s'appuyer contre ma main.

« Et ensuite, je devrai te punir pour m'avoir rendu fou de jalousie. »

Elle recouvre ma main de la sienne, dirige mes doigts pour qu'ils pressent plus fort sur son clito. « Ah ouais ? »

Merde. Le désir manque de m'aveugler alors que j'entends sa voix éraillée. Mais Nolan doit dormir à quelques mètres de nous.

« Allons sous la douche », suggère Denali. Quelle femme intelligente. Le bruit de l'eau couvrira ses cris.

Je la pousse en avant sans cesser de toucher son corps sublime. On court jusqu'à la salle de bains, où on se déshabille en un temps record. Quand elle se tourne pour entrer sous la douche, je donne une tape sonore sur ses fesses.

« Chut. » Elle me sourit par-dessus son épaule, et tout s'illumine en moi.

Je ne ressens pas seulement de la passion, bien qu'il y en ait une tonne. Je suis aussi empli d'exubérance, merde, peut-être même de *joie*. Ce moment avec Denali m'emplit. Il me libère.

C'est comme si toute ma vie, j'avais attendu cet instant, de pouvoir rire et m'amuser avec ma compagne. De la baiser comme une bête et petit-déjeuner avec elle ensuite.

Je n'arrive pas à croire le plaisir intense que ça me procure.

J'entre dans la douche après elle et déroule une capote sur mon érection. J'aimerais prendre mon temps. La savonner, lui laver les cheveux.

Mais c'est une impossibilité.

Je l'aplatis contre le mur et prends ses fesses en main. L'eau cascade sur nous, coule sur son visage, mouille ses cils et ses lèvres. Même ainsi, son parfum emplit la pièce et éveille mon instinct animal.

Mon baiser est dur, exigeant. Je plonge ma langue dans sa bouche, nos dents s'entrechoquent.

Elle lève les jambes et les joint autour de ma taille, ce qui place ma bite exactement là où j'en rêvais. Je n'ai même pas besoin d'utiliser mes mains pour me guider. Je trouve l'entrée de son sexe et la pénètre en un puissant coup de reins.

Elle pousse un cri et s'accroche à mes épaules.

« Ça va, ma belle ?

— Aah. » Elle frotte ses seins contre mon torse, les pointes dures de ses tétons s'accrochent dans mes poils. Elle cambre les hanches, m'invite à entrer plus profondément.

« Tu en veux plus, bébé ?

— Oui, Nash, je te veux », souffle-t-elle dans mon oreille.

Je perds tout sang-froid et la lime incontrôlablement. Elle se balance pour venir à la rencontre de mes coups de bassin, me prend plus loin en adoptant mon rythme.

« Nash. »

Chaque fois que je l'entends prononcer mon prénom, ma sauvagerie s'aggrave. Un grondement monte dans ma gorge.

Elle plaque sa main sur ma bouche pour l'empêcher de sortir sans cesser de chevaucher ma bite. Sa belle poitrine rebondit et se balance.

Quand je passe une main entre ses fesses pour appuyer contre son petit trou, elle pousse un gémissement désespéré. Elle enlace mon cou et se sert de la force de ses bras pour se hisser et redescendre plus vite, m'accueillant encore plus profondément.

Je masse son anus tout en m'enfonçant en elle et elle jouit. Sa tête part en arrière, sa bouche s'ouvre en un cri silencieux.

Les contractions autour de mon membre me précipitent vers la ligne d'arrivée. Je la baise plus fort, plus vite, les claquements de nos corps mouillés résonnent contre le carrelage jusqu'à ce que j'atteigne l'orgasme à mon tour.

La satisfaction est cellulaire. Tout mon corps en est envahi. Pourtant, alors que je me retire, ce n'est toujours pas assez.

Je veux encore la posséder.

Et encore.

Mais je ne peux pas dans l'immédiat. Je me contente d'embrasser sa bouche humide et offerte. « Si c'est ma récompense chaque matin, je suis prêt à passer un million de nuits sur ta colline pleine de cailloux. »

Elle baisse la tête en rougissant et sort de la douche. Sa présence me manque intensément, mais je prends le temps de me laver et de me rincer avant d'éteindre l'eau.

Quand je sors, elle s'est enveloppée dans une serviette, les mains sur les hanches. « Tu ne peux pas dormir dans la colline, Nash. »

Je serre les mâchoires. « Je veille sur vous. » Je dis ces mots du ton le plus définitif que je parviens à employer. Rien ne me fera changer d'avis. C'est ma compagne. Elle a un lionceau. C'est à moi de les protéger jusqu'à la fin de mes jours.

Elle lève les yeux au ciel et secoue la tête avant de sortir de la salle de bains, mais j'ai le sentiment qu'elle a compris qu'elle ne pourra pas m'en faire démordre.

Je m'habille et quitte la pièce en même temps qu'elle sort de sa chambre, vêtue d'une robe courte à fleurs.

Je pousse un grondement satisfait, ce qui me vaut un petit sourire en coin de sa part.

Elle va dans la cuisine et commence à sortir des ingrédients. « Fais le café, je m'occupe du petit-déjeuner. »

Je hoche la tête et m'exécute tout en admirant son aisance dans la cuisine. Putain, heureusement qu'elle est métamorphe. Elle sait les quantités que je dévore. Elle ouvre deux paquets de bacon et frit les tranches de viande. En même temps, elle mélange une préparation pour pancakes et met la table.

« Bonjour, mon chou », chantonne-t-elle quand Nolan entre dans la cuisine.

Il va se cacher derrière la jambe de sa mère, m'observe d'un air timide. Je meurs d'envie de décoiffer ses boucles et de le chatouiller jusqu'à ce qu'il perde sa réserve, mais je ne veux pas tirer sur la corde.

« Nash est venu manger le petit-déjeuner avec nous. Tu veux m'aider à faire les pancakes ? »

Le petit garçon hoche la tête. Elle approche un escabeau de la gazinière et Nolan grimpe dessus pour superviser l'activité. Elle lui donne des myrtilles à ajouter dans la pâte, puis l'aide à former deux yeux et un sourire. Alors que je les regarde, je sens une vague de contentement m'envahir.

Je pourrais passer ma vie à les contempler. Mais j'aimerais donner d'autres lionceaux à Denali. Toute une portée.

Je secoue la tête pour en chasser ces pensées aberrantes. Cette scène de vie de famille a un effet étrange sur moi. J'ai besoin de me souvenir que je ne suis pas à ma place. Mon lion est un tueur, il n'est heureux que lorsqu'il se bat. Ce genre de métamorphe n'a rien à faire en présence d'un enfant.

« Il reste jusqu'à quand, maman ? »

Denali me jette un coup d'œil et s'éclaircit la gorge. « Hum, juste pour le petit-déjeuner, mon chéri. Il est venu voir si on était en sécurité, mais il sait que c'est le cas, maintenant. »

Un tesson de verre me transperce la poitrine et se loge dans mon cœur.

Mais je sais déjà que je ne dois pas prendre mes aises.

Aucun doute, ma place n'est pas auprès d'eux.

～

Denali

. . .

L'après-midi, j'ai le sourire aux lèvres pendant que je plie le linge. Je pense qu'il est resté vissé sur mon visage toute la journée. Même Nolan l'a remarqué. « Tu es marrante, maman. J'aime bien quand tu es heureuse », a-t-il dit lorsque je l'ai fait tourner dans mes bras pour la quinzième fois.

Je ne veux même pas penser à ce qui m'a rendue si joyeuse.

Une partie de jambes en l'air matinale avec un lion ?

C'est bon.

Un soldat vigilant qui veille sur moi, en se souciant comme d'une guigne de son confort personnel ?

C'est doublement bon.

Savoir qu'il sera probablement de retour ce soir ?

Ouais, triplement bon.

Je ne peux pas le laisser passer une nuit de plus dans la colline.

Alors, que vais-je faire ? Le laisser entrer ? L'inviter à rester dormir ?

Cette pensée fait tambouriner mon cœur. Mais que dirais-je à Nolan ? Combien de temps avant qu'il s'attache ?

Je trouve fascinant qu'une fois de plus, mon instinct animal ne m'ait pas alertée de sa présence. J'ai dormi comme un bébé pendant qu'un métamorphe rôdait autour de chez moi. À vrai dire, je me suis mieux reposée la nuit dernière que je ne l'avais fait depuis des années. C'est comme si ma lionne avait su qu'il veillait sur nous et que je pouvais enfin baisser ma garde.

J'ai laissé Nolan remplir la solitude qui me dévorait après avoir échappé à DataX. Je me suis persuadée que je ne voulais personne, que je n'avais besoin de personne. Mais c'est faux.

Mon portable sonne. Je baisse les yeux sur l'écran.

Mme Davenfield, mon indiscrète propriétaire. Je pousse un soupir. Elle veut dans doute me demander pourquoi Nash était de nouveau là ce matin.

« Madame Davenfield, bonjour.

— Il est devant chez toi.

— Je vous demande pardon ?

— Le père de Nolan. Il est assis au volant d'une voiture et il surveille la maison. »

Je pousse un juron, mais il ne contient pas la moindre colère. En fait, je crois que mon sourire s'est élargi. « D'accord, merci de m'avoir prévenue.

— Tu veux que j'appelle les flics ?

— Non, non, vraiment pas. Il n'est pas dangereux. Madame Davenfield ?

— Qu'y a-t-il, ma chérie ? »

Je passe la tête dans le salon, où Nolan regarde son dessin animé favori, *George le petit curieux*, et baisse la voix. « Hum, ne dites rien devant Nolan, OK ? Il n'est pas au courant.

— D'accooord... » Elle étire la dernière syllabe comme si elle espérait que j'entre dans les détails, mais je fais mine de ne pas remarquer.

« Merci. » Je raccroche avant qu'elle ne puisse me poser des questions.

Je sors de la maison et rejoins la Mustang cabossée de Nash à grandes enjambées, en balançant mes hanches plus que d'ordinaire. Les vitres de la voiture sont baissées. Il m'observe approcher, les yeux mi-clos.

Je me penche à sa fenêtre et saisis son menton dans ma main quand son regard descend vers ma poitrine. « Tu gardes toujours un œil sur la maison ? » Ma voix est ronronnante, elle possède une tonalité séductrice que je ne reconnais pas. J'ignorais qu'une tentatrice sommeillait en moi.

Nash me fait son irrésistible sourire coquin. Celui qui flottait sur ses lèvres avant qu'il me donne la fessée hier. Ma chatte se contracte. « Dans l'immédiat, c'est toi que je garde à l'œil, dit-il d'un ton traînant.

— Mmm hmm. Tu aimes ce que tu vois ?

— Tu le sais déjà.

— Tu ferais aussi bien d'entrer. Je ne peux pas te laisser dans ta voiture, sinon Mme Davenfield va ressortir son fusil.

— Ouais, elle m'a dans le collimateur. Je dois avouer que ça me dérange pas que tu aies une voisine protectrice. »

Mon cœur se serre. Notre sécurité lui importe sincèrement. Comme il se doit de la part d'un compagnon. Nolan a dû me suivre hors de la maison, parce qu'il court dans notre direction, s'écrase contre ma jambe et s'y agrippe.

« Tu dis coucou à Nash ? »

Nash lui présente son poing.

Nolan le regarde sans comprendre.

« On se tape le poing ? Tends la main. » Quand Nolan s'exécute, Nash touche délicatement son poing, puis en tapote le sommet de sa grosse main fermée.

Nolan sourit et frappe le poing de Nash de toutes ses forces.

« Nolan ! » Je suis stupéfaite de voir mon gentil petit garçon se montrer agressif, mais Nash adore ça.

« Oh, tu veux jouer à la bagarre ? » Il soulève notre fils, lui tirant un cri aigu, et le chatouille.

Une chaleur moelleuse emplit ma poitrine.

Dès qu'il le repose par terre, Nolan hurle : « Encore ! » Ils continuent de se chamailler pendant que je vais nous servir des verres de citronnade au basilic.

Nash

LES ÉCLATS DE RIRE DE NOLAN FONT QUELQUE CHOSE DE TRÈS PARTICULIER À MON CŒUR. C'est comme s'il se contractait et s'élargissait en même temps.

Je chahute doucement avec le garçon et le chatouille jusqu'à ce qu'il s'écroule par terre en gémissant, secoué d'éclats de rire.

« Bon, dit Denali d'un ton apaisant. Qui veut de la citronnade ?

— Moi, moi ! » s'écrie Nolan. Il se relève et court prendre son gobelet en plastique muni d'un couvercle et d'une paille.

Denali me tend un verre. Des glaçons et des herbes flottent dans un liquide transparent. J'en bois une gorgée et savoure l'acidité du citron mêlée à une autre saveur.

« Mmm… Qu'est-ce que c'est ?

— C'est ma version de la citronnade. Je ne veux pas donner trop de sucre à Nolan, alors je la prépare avec des citrons frais, de la stévia et un peu de basilic. »

Je la regarde, bouche bée. Une mère célibataire super sexy qui arrive à concocter des recettes qu'approuverait Martha Stewart ? Je vide la boisson rafraîchissante en trois gorgées et fais claquer mes lèvres. « C'est le meilleur truc que j'ai jamais goûté. »

Elle me fait un sourire rayonnant. « Je vais t'en chercher plus. »

Je sors mon téléphone de ma poche en l'entendant sonner. C'est Parker.

« Salut, alpha, dit Declan de son accent chantant.

— Pas ton alpha », je marmonne pour la je ne sais combientième fois. Nolan fait semblant de ne pas me prêter attention pendant qu'il joue avec un petit train sur la table basse. Alors que je m'accroupis pour accrocher un rail qui s'est détaché, la nausée me retourne l'estomac. De qui est-ce que je me moque, à interagir avec ce gosse ? Si je ne suis même pas assez équilibré pour être l'alpha d'une bande de métamorphes timbrés, quelles sont les chances que je sois capable d'être un père ?

« Tu l'as trouvée ? »

Je regarde Denali en coin, qui revient avec un autre verre de citronnade. Avec ses longues jambes et sa nuque élancée, elle rend gracieux les gestes les plus ordinaires. « Ouais. »

Ma réponse est accueillie par des exclamations de joie. Pas seulement de la part de Declan. On dirait une pièce pleine de monde.

« Et ? Comment ça s'est passé ? veut savoir Parker.

— Tu es sur haut-parleur », m'informe Declan.

Je me pince l'arête du nez. Merde, j'ai mal à la tête.

« Alpha ? Alpha ?

— Pas votre alpha », dis-je en un grognement. Je vois Denali me lancer un regard inquiet, mais je lui tourne le dos. Je dois maîtriser mon animal.

« Tu es à Temecula, c'est ça ?

— Ouais. » Au même moment, Parker ajoute : « On est pas loin. On vient la rencontrer.

— Quoi ? Non…

— C'est la fête ! exulte Declan.

— On peut commander des pizzas ? demande Laurie en arrière-fond.

— Non. Restez où vous êtes. » J'ai donné l'ordre avec autant d'autorité que possible.

« Désolé, pas possible. La domination alpha marche pas par téléphone. Tu pourras nous crier dessus en personne autant que tu veux, dit Parker.

— Il nous criera pas dessus, suppute Declan. Il veut impressionner sa compagne.

— On sera là dans dix minutes.

— Comment vous savez où je suis ?

— Laurie a mis un mouchard sur ton téléphone, m'apprend Parker.

— À tout de suite, alpha ! » conclut Declan avant de raccrocher.

Merde.

« Tout va bien ? » Denali se tient à quelques pas de moi, une ride soucieuse sur le front. Je résiste à l'envie de jeter le téléphone par terre en grommelant des jurons.

« Ouais. Mais… on va avoir de la visite. » En la voyant se crisper, j'ajoute : « Pas ce genre de visite. Des amis à moi. En fait, des colocs.

— Ils t'ont appelé *alpha.* »

Putain d'ouïe de métamorphe.

« Je suis pas leur alpha. Ils sont même pas des lions. Et ils pourraient pas appartenir à une troupe, de toute façon… c'est un tas d'inadaptés. Des rescapés des expériences de DataX. »

Elle blêmit.

« Je vois. » Quand elle jette un coup d'œil inquiet en direction de Nolan, le nœud autour de mon plexus solaire se resserre.

« Il ne risque rien, Denali. Je te donne ma parole. » Pour ce qu'elle vaut.

Elle acquiesce. La pression s'apaise lorsque je m'aperçois qu'elle me croit.

Vingt minutes plus tard, une Camaro blanche arrive en vrombissant. Je sors sur le porche, suivi par Denali et Nolan.

« Prépare-toi », dis-je en marmonnant alors que Parker,

Declan et Laurie viennent à notre rencontre. L'un d'entre eux dit quelque chose pour provoquer Declan, qui commence à faire mine de donner des coups de poing à ses compères.

« Pas maintenant. » Parker pousse l'Irlandais contre Laurie. Les lunettes du grand métamorphe aux membres élancés volent et il se retrouve presque les quatre fers en l'air.

« Ça va, c'est bon », dit Declan. Il aide Laurie à retrouver l'équilibre et ramasse ses lunettes. « Je me tiendrai bien.

— C'est ça, ta troupe ? demande Denali d'un air incrédule.

— C'est pas ma troupe. » Je secoue la tête.

« Parker. » Je pointe du doigt l'homme grisonnant qui s'approche. Mon agent s'arrête net, mais Declan et Laurie le percutent et manquent de le faire tomber. Je les désigne l'un après l'autre.

« Declan, Laurie Lawrence. »

Quand Parker se retourne et fait mine d'entrechoquer les crânes des deux autres, Denali murmure : « On dirait les trois corniauds. Sauf que l'un des trois est mince.

— Et que ce sont des métamorphes », dis-je en soupirant.

Elle lève le nez et renifle, la lionne brille dans ses yeux. « Qu'est-ce qu'ils sont ?

— Parker est un loup. Enfin, principalement. Laurie est… tu verras. Il est assez timide. Je sais pas exactement ce qu'est Declan.

— Je suis irlandais », lance-t-il avec un large sourire qui révèle ses dents tordues.

Laurie lève la main en esquissant un sourire penaud. Sa tête tressaute comme s'il se faisait électrocuter.

Denali retient sa respiration et une odeur de cannelle

emplit l'air. Parker rencontre son regard avec une expression satisfaite.

« Une lionne. »

Je lâche un grondement et me rapproche de Denali.

« Maman ? dit une petite voix au niveau de nos genoux. Je croyais qu'on pouvait pas parler de nos animaux. »

Denali se retourne et s'accroupit pour prendre son fils par les épaules. « C'est vrai, mon bébé. C'est plus sûr. Rentre jouer pendant que maman parle avec les amis de Nash. »

Nolan repart vers la maison en traînant les pieds, mais les trois métamorphes ont eu le temps de bien le regarder. Parker et Laurie sont abasourdis.

Declan bafouille d'une voix étranglée : « Putain, comment...

— Pas de gros mots, dis-je sèchement. Pas de jurons, pas de sujets inappropriés. Pigé ? »

Laurie hoche énergiquement la tête. Ses yeux sont écarquillés derrière les verres épais de ses lunettes.

« C'est... ? » Parker pointe Nolan du doigt, et je lui frappe le poignet. Le garçon n'est pas un phénomène de foire. Il nous observe toujours à travers la moustiquaire, son visage empreint de curiosité. Un tas de types étranges qui débarquent pour le lorgner... ce gamin va être traumatisé.

« C'est ton portrait craché », murmure Laurie.

Je ne peux me retenir ; je me retourne pour voir si c'est vrai. Après un examen plus approfondi, la mâchoire de Nolan, son nez, les reflets dorés de ses cheveux... en effet, il me ressemble.

Mes organes semblent se déplacer et se réarranger en moi.

« Nash ? Qu'est-ce qui se passe ? demande Parker.

— Voici Denali. Ma compagne. »

Elle repousse ma main. « Notre union ne compte pas, dit-elle aux autres. C'est arrivé sous la contrainte. »

Mon lion pousse un nouveau grondement.

Parker renifle. L'atmosphère est teintée par les épices de nos parfums mélangés. Aucun métamorphe ne pourrait s'approcher de Denali et ne pas se rendre compte que je l'ai marquée. « Je pense que ça compte quand même.

— C'est compliqué. » Denali me lance un regard reconnaissant à mon commentaire.

« Compris, dit Declan. Nash est plutôt compliqué pour une simple bidasse. »

Je le foudroie du regard, sans aucun effet.

« Comment est-ce que vous vous êtes tous rencontrés ? demande Denali.

— Au cours de combats clandestins en cage, répond Parker. Entre métamorphes. »

Le regard choqué de Denali me tire un juron. Ce n'est pas comme ça que je voulais lui apprendre la nouvelle.

« Son lion a besoin de faire saigner quelqu'un réguliè-rement. Presque tous les soirs maintenant, c'est ça ? continue Declan sans rien remarquer.

— Ferme-la.

— Je suis Parker, m'dame, dit celui-ci en lui tendant la main. Je travaille comme agent pour la Fosse. J'organise les combats de Nash.

— Et Laurie et moi, on parie dessus, complète Declan. On est aussi bookmakers. Ton compagnon nous a fait gagner beaucoup de pognon ces derniers mois.

— Je vois. Et vous êtes sa… troupe ?

— Il est notre alpha, même s'il affirme le contraire », répond Laurie.

Denali fronce les sourcils. « Comment est-ce que ça marche ?

— On l'appelle *alpha* et il nous envoie nous faire foutre… hé ! » Declan crie quand Laurie lui enfonce son coude dans les côtes.

« Pas de gros mots, lui rappelle le métamorphe dégingandé.

— Ça va, ça va, tête de piaf. Mince, tes coudes sont comme des couteaux. » Declan frotte son torse en grimaçant là où Laurie l'a frappé.

« Qui a faim ? Pizza ? propose Parker.

— De la pizza, maman ? » Nolan passe la tête derrière la jambe de sa mère. « Je peux avoir de la pizza ? »

Denali soupire.

« Bien sûr, petit lionceau, déclare Declan. Tu peux avoir autant de pizza que tu veux. Quoi ? » Il prend un air innocent lorsque tout le monde, sauf Nolan, le fixe avec un regard noir.

Une heure plus tard, on est assis dans le salon de Denali, dix boîtes de pizza vides empilées sur le porche. Les métamorphes ont un gros appétit. Declan et Parker se disputent pour avoir la dernière part.

« Alors, vous ne vous êtes rencontrés qu'une seule fois avant ? » demande Laurie. Il est assis par terre, sa longue silhouette étendue près de Nolan, avec qui il s'amuse depuis les vingt dernières minutes. Ses tics ne sont plus aussi prononcés.

« Oui », répond Denali. Elle partage le canapé avec moi, et chacune de mes terminaisons nerveuses est en alerte. Je meurs d'envie de me décaler de quelques centimètres sur la droite pour la toucher.

« Vous voulez sans doute passer du temps en tête à tête, dit Parker.

— C'est une super idée, ajoute Declan. On peut garder le petit…

— Non ! » Denali et moi avons presque crié en chœur.

« Ça va, marmonne Declan en levant les mains. Mince, on croirait que j'ai proposé de bai…

— Pas de gros mots ! » le réprimandent Laurie et Parker à l'unisson. Parker donne une tape sur le crâne de Declan.

« Pas de violence non plus », ajoute Denali.

Declan sort sur le porche à pas lourds en maugréant.

Je me passe une main sur le front. « Je suis déjà content qu'il ait pas apporté sa gnôle.

— Oh, il l'a apportée, m'informe Laurie. Mais on lui a interdit de la prendre dans la maison.

— Va le garder à l'œil. » Parker prend la porte pour le suivre.

Denali se lève et prend la main de Nolan. « Allez bébé, c'est l'heure d'aller au lit.

— Mais j'ai pas sommeil, proteste le garçon en bâillant.

— Je sais. » Elle l'accompagne dans le couloir et s'arrête pour me regarder, une question dans les yeux.

« Je t'attends », dis-je. Après une seconde d'hésitation, elle hoche la tête.

Je reste assis et l'écoute mettre Nolan au lit. Sa petite voix aigüe qui proteste, les beaux murmures de Denali. Des sons simples de la vie quotidienne qui devraient m'apaiser. Je me frotte les paupières. Putain, qu'est-ce que je fous ici ?

Alors que je sors sur le porche, je prends conscience que mon lion est toujours calme. C'est le cas depuis que j'ai couché avec Denali. Pour une fois, il est détendu, mais je sais que le retour des flashbacks n'est qu'une question de temps. Ainsi que le moment où mon lion aura besoin de faire saigner quelqu'un.

« Tu as une bonne compagne, *boss* », dit Parker quand je les rejoins autour de la Camaro blanche. Il fume avec Declan, qui a une flasque posée à côté de lui.

« Tu as un combat à la Fosse demain, ajoute le loup. Tu veux que je le reprogramme ? »

Pendant que j'essaie de formuler une réponse, je laisse mon regard dériver sur la colline derrière la maison, là où j'ai pourchassé Denali et l'ai possédée. Je vis avec la fureur meurtrière de mon lion depuis si longtemps que je ne connais rien d'autre.

« On ferait mieux d'y aller. » Declan saute du capot de la voiture et jette sa cigarette par terre. « Madame et toi, vous avez pas mal d'histoires à régler. »

C'est peu dire. Je serre les poings pendant qu'ils s'entassent dans le véhicule. D'habitude, mes mains sont blessées à la suite d'un combat. Elles sont à présent cicatrisées. D'habitude, c'est le signe qu'il est temps de retourner dans la Fosse et de frapper quelqu'un jusqu'à ce que je ne sente plus rien.

Des combats métamorphes, des flashbacks et un lion instable. Quel genre de vie puis-je offrir à ma compagne et son fils ?

« On te voit demain, me dit Parker. Ou pas. » Après un signe de la main de la part de ses occupants, la voiture sort de l'allée. Je prends conscience que j'ai eu beau prétendre ne pas apprécier leur présence, cette bande de métamorphes paumés a réussi à me faire momentanément oublier mes problèmes.

～

Denali

« TES AMIS DORMENT ICI ? Comme une soirée pyjama ?

— Non, bébé.

— Dommage. Ils étaient gentils. Surtout l'oiseau. »

Adorable dans sa grenouillère, Nolan s'allonge dans le lit. Je m'installe près de lui pour lui lire une histoire et il insiste pour raconter des passages du livre lui-même. J'en profite pour le câliner et respirer l'odeur de shampoing qui émane de ses boucles. J'avais coutume de m'endormir ainsi quand je rentrais d'une longue journée de travail dans les champs, où je travaillais illégalement avec d'autres travailleurs immigrés. Après avoir payé la babysitter, je profitais de ces moments précieux pour serrer mon fils dans mes bras.

Nash se rend-il compte de ce que c'était, élever un enfant et essayer de survivre ? Ma lionne est prête à être avec lui, mais il faudra plus qu'un après-midi au parc et une soirée pizza pour que je décide qu'il peut faire partie de la vie de mon fils.

« Maman, dit Nolan d'une voix endormie, est-ce que Nash est mon papa ? »

J'essaie de ne pas me raidir. « Pourquoi tu me demandes ça ?

— Laurie a dit que je lui ressemble. »

J'inspire profondément et croise les doigts pour que Nolan s'endorme au cours des deux prochaines secondes.

« C'est mon papa ? »

Je ravale le nœud dans ma gorge. Je ne veux pas le lui dire. Si jamais ça ne fonctionnait pas avec Nash, je ne voudrais pas que son petit cœur soit brisé comme le mien l'a été. Mais je ne peux pas mentir. J'ai demandé à Nash de le faire, mais ça me dérangeait. « Oui, mon cœur. C'est ton papa. Il se battait pour notre pays et il ne savait pas que tu existais, sinon il serait venu te voir avant. » Ce n'est pas si loin de la vérité. Il se battait pour sa vie. Pas pour son pays, mais à cause de lui.

« Il va rester avec nous ?

— On ne sait pas encore. Nash et maman doivent en discuter.

—Je veux un papa. »

Un chagrin inattendu me coupe le souffle. Je pensais que je faisais un bon travail pour élever mon fils, que je remplissais à la fois le rôle de sa mère et celui de son père. J'imagine que je me trompais. « Je sais, bébé, dis-je en le serrant contre moi. On va voir ce qui se passe. De toute manière, tu as une maman qui t'aime. Tu le sais, hein ?

— Ouais. » Il se tait un instant, puis ajoute : « Je t'aime, maman.

— C'est tout ce qui compte. Je serai toujours là. »

Nash

LE PARFUM DE CANNELLE EMPLIT LA PIÈCE AVANT QUE DENALI ENTRE. Je me lève du canapé et tapote mon T-shirt pour en enlever des miettes.

« Tu es toujours là.

— Je t'ai dit que je t'attendrais. Et puis, tu ne m'a pas proposé de dessert. » Je soulève le couvercle de la boîte de cookies et me sers.

« Tu es pire que Nolan.

— Ils sont tellement bons que je pourrais tous les manger. Tu en veux un ?

— Oh que oui. » Elle appuie sa hanche contre le comptoir et tend le bras pour prendre le biscuit que je lui offre. Je secoue la tête et le lève à sa bouche. Ses yeux prennent une teinte bleu-gris alors qu'elle me laisse la nourrir.

« Ce sont tes préférés, c'est ça ? Au beurre de cacahuète.

— Ce sont les préférés de Nolan, maintenant. J'en fais tout le temps.

— C'est un bon petit. »

Son expression s'adoucit. « Le meilleur. »

Lentement, je lui fais manger un autre cookie. Elle lève les yeux vers mon visage. Le désir brille dans son regard, mais un petit pli marque son front.

« Nash, qu'est-ce qu'on… »

Je baisse la tête et l'interromps d'un baiser.

Denali

« TES COOKIES PRÉFÉRÉS ? » *demande Nash. Nous nous sommes assis sur le lit de camp pour grignoter la nourriture apportée par les gardiens.*

« *Ceux au beurre de cacahuète.* »

Nash hausse un sourcil. « *Les cookies au beurre de cacahuète, murmure-t-il.*

— *Ils sont faciles à préparer et on trouve les ingrédients dans presque toutes les cuisines.* »

La porte de la cellule s'ouvre. Je me plaque contre le mur, la peur remonte en rampant le long de mes bras. Quelle créature lâche et pitoyable je suis devenue.

Nash fait le contraire. Je passe timidement le nez derrière son corps immense alors qu'il fait face aux trois gardes.

« *Tu es censé t'accoupler avec elle, ordonne l'un d'eux.*

— *C'est déjà fait.* » *La voix mesurée de Nash tranche avec la violente tension dans chaque muscle de son corps. C'est la vérité : il m'a possédée après m'avoir fait fondre avec sa langue.*

« *Le chef veut que tu recommences.* » *Deux gardes lèvent leurs matraques, que l'électricité fait crépiter. Je ravale un geignement et me recroqueville dans le coin de la pièce.*

« Vous lui faites peur.

— On ne fera pas que ça si tu fais pas ce qu'on te dit. Vous savez ce qu'il vous reste à faire.

— Sortez », gronde Nash.

Les hommes sont assez intelligents pour ne pas le quitter des yeux. Même sous forme humaine, il est effrayant. Je parie que les gardes se pisseraient dessus devant son lion. Ils se croient invincibles avec leurs matraques électriques. « Tu vas faire ton boulot, ou est-ce qu'on doit le faire à ta place ? » Celui qui s'est moqué ouvre sa braguette.

Nash leur fonce dessus en rugissant. Le premier homme pâlit et recule, mais ses collègues sont prêts à intervenir avec leurs armes. Nash n'a aucune chance.

Je hurle et me précipite près de lui. « Arrêtez ! Ne lui faites pas de mal. On va le faire. Mais… »

Garder son lion en lui demande un tel effort à Nash que ses épaules se soulèvent rapidement. Ses yeux brillent d'un éclat jaune assassin. « Barrez-vous, dit-il d'une voix déformée par la colère. Avant que je vous réduise en miettes.

— Au boulot », lâche sèchement le garde. Ils partent en claquant la porte derrière eux.

Nash baisse la tête et serre les poings. Si fort. Si impuissant.

Je ne le connais que depuis quelques heures, mais je ne supporte pas de le voir dans cet état.

Je touche son épaule.

« Denali… Je… »

Je coupe court à sa tentative d'excuses. « Tout va bien. » Ce n'est pas sa faute. Rien de tout ça ne l'est. Je passe la main sur la ligne dure de son dos, et mon corps s'échauffe en sentant les muscles rassemblés sous ma paume.

« Merci de m'avoir protégée. »

Lorsqu'il se retourne, le feu qui brûle dans ses yeux me fait presque tressaillir. Il a envie de moi. De nouveau. Je bats des cils et libère ma lionne. De lentes vagues de désir me traversent.

Nash gronde son approbation, un bruit entre un rugissement et un ronronnement. Il saisit ma nuque et possède ma bouche. Son baiser est insistant, affamé. Il s'est déjà servi de sa langue habile entre mes cuisses, m'a donné un orgasme et a plongé son membre en moi. Mais c'est différent cette fois.

Je comprends combien il s'était retenu.

Je ne devrais pas être si contente que Nash apprécie ma cuisine. On n'est pas dans les années cinquante. Je ne suis pas comme ma grand-mère, qui vit à la Nouvelle-Orléans et exprime son affection à travers ses recettes. Je n'aurais jamais pensé vouloir conquérir le cœur d'un homme en passant par son estomac. Mais j'adore sa façon de réagir, comme si le moindre plat simple était un mets délicat. Un peu comme la manière dont il se comporte avec moi.

Il revendique ma bouche avec autant de férocité que la première fois, et mes jambes se dérobent. C'est comme s'il ne pouvait pas se rassasier de moi. Ou qu'il ne pouvait détacher ses lèvres des miennes parce que sa survie en dépendait.

Cette première nuit, j'imagine que c'était le cas.

Peut-être l'est-ce toujours… pour Nash, du moins. Son lion paraît plus tranquille, ses bleus et ses coupures ont disparu.

Savoir que je l'ai soigné est un sentiment assez puissant.

Je me rappelle que ma grand-mère avait coutume de dire : « N'utilise jamais le sexe par intérêt, Denali. Il sert à soigner. » Je n'avais jamais compris qu'elle l'entendait au sens littéral.

Tout de suite, je meurs d'envie de soigner Nash encore une fois.

Je mordille sa lèvre inférieure en ouvrant le bouton de son jean.

« Doucement, bébé, dit-il d'une voix rocailleuse. Tu es sûre que tu veux me voir déchaîné ? » Il m'enlève mon T-shirt.

J'arque un sourcil. « Je suis sûre que je suis de taille face à toi. »

Le coin de sa bouche se soulève en un demi-sourire. « J'en doute, bébé. » Il me fait reculer contre le comptoir de la cuisine et me tourne entre ses bras pour me placer dos à lui. Quand il prend une cuillère en bois dans le pot à ustensiles, mon cœur se met à battre à tout rompre. C'est le côté de Nash dont je raffole. L'alpha dominant qui prend les choses en main.

J'apprécie son respect, mais dans mes rêves, il ne se laisse jamais décourager par un refus. Ne me laisse jamais repousser ses avances. Il demande sa place légitime dans ma vie. Mais ce ne sont que des fantasmes.

Nash tapote doucement mon cul avec la cuillère. Il me teste, attend ma réaction.

Je le regarde par-dessus mon épaule. « Tu comptes vraiment t'en servir, ou je dois… »

En un clin d'œil, il rassemble mes mains dans mon dos et pousse mon buste contre le comptoir. J'éclate de rire lorsqu'il donne un coup sur mes fesses. Je suis méta-morphe : la douleur est passagère. À cet instant, mon corps ne l'enregistre que comme une stimulation qui décuple mon désir.

Nash me fait écarter les pieds davantage. « Écarte ces adorables longues jambes. Montre-moi l'endroit que je vais irriter ce soir. »

Je retrousse les lèvres et gronde en entendant ses mots coquins. Le creux de mes reins se liquéfie.

Nash abat la cuillère entre mes jambes, frappe ma chatte. Je sursaute, bien que je n'aie pas réellement envie qu'il me libère. C'est intense, mais merveilleux. La piqûre se mue tout de suite en plaisir.

« Comment tu penses que ce sera de prendre la grosse bite de ton compagnon quand ta chatte aura reçu une bonne fessée ? »

En toute honnêteté, j'ignore comment je ne perds pas connaissance. Le désir me fait tourner la tête et me donne chaud, j'ai terriblement envie d'enlever mon short. D'enlever toute barrière entre nous.

D'un ton de défi, je lance : « Et si tu me montrais ? »

Il distribue des tapes fermes sur ma chatte avec la cuillère en bois, puis je l'entends tomber bruyamment sur le sol. Il baisse mon short et ma culotte sur mes cuisses. « Je n'ai pas baisé cette chatte depuis des *heures.* » À l'entendre, c'est bien trop longtemps. Mais je me souviens qu'il ne manquait pas d'endurance dans la cellule de prison.

Il libère mes poignets pour dérouler une capote sur son membre pendant que je me débarrasse de mon short et de ma culotte, emmêlés à mes chevilles. Je me remets en position, mains posées sur le comptoir de la cuisine, pieds bien écartés, cul en l'air.

Nash donne une tape sur mes fesses nues, mais je le réprimande dans un murmure : « C'est trop bruyant.

— Oh, ça va être bruyant », gronde-t-il juste avant de m'empaler sur sa queue. Il plaque une main sur ma bouche avec le coup de reins suivant. « Parce que je compte bien te faire hurler. »

Mes tétons se dressent contre mon soutien-gorge, aussi durs que des diamants. Nash passe un bras autour de mes hanches pour ne pas me faire cogner contre les placards alors que chacun de ses coups de bassin sauvages me propulse en avant.

« Tu avais besoin d'être possédée par ton compagnon, pas vrai, bébé ? Tu avais besoin d'une grosse bite de lion ? » Cette facette de lui est à l'opposé total du gentleman qui m'a marquée, mais elle m'excite tout autant. Non… bien plus.

« Oui. » Mes lèvres remuent contre sa main.

J'en ai besoin. J'en ai si terriblement besoin que je suis sur le point de pleurer ou de le supplier de me faire jouir.

Son pouce glisse dans ma bouche et je le suce vigoureusement. Il continue ses coups de reins brutaux, ses hanches claquent contre mes fesses, je me dresse sur la pointe des pieds chaque fois qu'il me pénètre. J'ai envie… non, besoin de le sentir encore plus. Plus profondément que ne le permet cette position.

Comme s'il sentait mon émoi, il se retire et me fait tourner sur moi-même. Je l'attaque à la façon d'une féline : je bondis, enserre sa taille entre mes cuisses et enlace son cou. Il bascule en arrière, une lueur admirative brille dans ses yeux.

« Tu as besoin d'être au-dessus, ma reine ? »

Je mords son cou sans retenue. Il recule jusqu'à ce que ses fesses rencontrent la table, puis tombe par terre en prenant soin de me garder sur lui.

La satisfaction m'envahit. J'ai beau adorer qu'il prenne les rênes, je suis traversée par un sentiment de puissance en voyant les rôles inversés. Je plaque ses bras contre son corps. Même si je sais qu'il pourrait me maîtriser sans mal, il me laisse faire. Je chevauche ses hanches et descends sur son membre raide.

« Chevauche-moi, petite lionne. Montre-moi que tu as envie de cette queue. » Quand il soulève son bassin et touche le fond de mon sexe, je pousse un cri.

Je glisse sur sa virilité épaisse en grondant, j'enfonce mes ongles dans ses avant-bras. Je frotte mon clito contre la base de son sexe à chaque passage.

Nash halète, la sueur se rassemble à la naissance de ses cheveux rasés, mais il ne s'abandonne pas à son propre plaisir. Il me regarde intensément, avec une expression fascinée. Je me sens belle. Sauvage. Merveilleuse. Je n'ai jamais été mécontente d'être métamorphe, mais je ne crois pas m'en être réjouie auparavant. À cet instant, je n'échangerais qui je suis pour rien au monde.

Un animal indompté et dangereux dans le corps d'une belle femme. Je suis puissante et voluptueuse. Je suis la victoire.

Je suis la reine de la jungle. La compagne qui porte la marque de Nash.

Notre lien ne peut être nié. Pas quand je sens ce qu'il fait à mon animal. Comment il me libère. Nos corps sont faits l'un pour l'autre.

Le destin nous a peut-être réunis de la pire manière possible, mais il est à moi et je suis à lui.

Je rejette la tête en arrière et serre les mâchoires pour ne pas crier. Dès que les muscles de mon sexe commencent à se contracter autour de Nash, il pousse contre mes bras et se libère. Il agrippe mes hanches pour me faire rebondir sur sa queue avec assez de force pour me casser en deux.

Mes yeux se révulsent sous l'intensité de mon extase. De ma satisfaction.

Nash ferme la bouche pour emprisonner son cri, décolle ses hanches du sol et me soulève, comme si j'étais sur un taureau mécanique.

Un rire pantelant m'échappe lorsqu'il se rallonge mollement en dessous de moi. Je me penche pour l'embrasser.

~

Nash

Je caresse ses jambes musclées et la courbe de son cul. Elle fait la même chose, passe ses paumes sur mes pectoraux avec un murmure appréciateur.

« Tu es si fort. Les combats te réussissent.

— Le roi des animaux. C'est comme ça qu'on m'appelle sur le ring. »

Ses yeux pétillent. « Le roi. Alors, ça fait de moi ta reine ? »

Je pose la main sur sa nuque et l'attire pour l'embrasser.

« Chut », dit-elle soudain. Toujours plongé en elle, je me fige et tends l'oreille, mais ce n'est pas Nolan. « Le radar de maman, explique-t-elle avec un petit sourire. Tu en hérites à la naissance du bébé et il te réveille au moindre bruit toutes les nuits pour le restant de tes jours. »

Je réfléchis à cette notion. Aurai-je une sorte d'instinct paternel, moi aussi ? Ou est-ce trop tard ?

« J'ai dit à Nolan que tu es son père. »

Je deviens parfaitement immobile. À vrai dire, je crois que mon cœur cesse de battre. « Ah ouais ? » Ma voix est étranglée.

« Ouais. Il m'a posé la question et ça me dérangeait de lui mentir. Je sais que je t'avais demandé de ne rien lui dire et j'apprécie que tu aies respecté ma demande, mais ce n'est plus la peine. »

Je ne me rappelle toujours pas comment respirer. « Ouais ? Qu'est-ce qu'il a dit ?

— Il m'a demandé si tu allais vivre avec nous. »

Je regarde attentivement son visage à la recherche d'un

indice de ce qu'elle pense. De ce qu'elle veut. Son expression est impénétrable. « C'est mon rôle de vous protéger, que tu décides de me laisser rester ou non. »

Elle plisse les yeux. « Tu es là parce que tu en as envie, ou par devoir ? »

Je serre sa taille et enfonce mon sexe encore à moitié dur en elle. « Tu as vraiment besoin de demander ? »

Mais ça ne lui suffit pas. Elle se redresse, puis se lève. « Par rapport à Nolan, je veux dire. » Elle a parlé sans me regarder.

Mes tripes se nouent. Je me lève à mon tour et retire le préservatif.

Putain, j'en sais rien.

Je ne connais pas la réponse à cette question. Je ne sais absolument pas comment être un père. Avant de retrouver leur trace, je survivais à peine.

« Je veux faire ce qui est bon pour mon fils », dis-je faiblement. C'est la vérité.

Elle croise les bras. « Ce n'est pas la même chose. »

Je lève les mains. « Hé, je dis pas que je *veux* pas être un père pour lui. C'est le cas. Mais s'il te plaît, souviens-toi que j'ai appris son existence il y a quelques jours. Si je me sens pas encore prêt à endosser le rôle de père de l'année, c'est parce que j'ai pas la moindre idée de comment faire. C'est tout. »

Ses épaules s'affaissent. « Tu as raison. Je comprends. Pardonne-moi, je suis juste protectrice avec Nolan. »

Je m'approche d'elle et la prends dans mes bras. « Bien sûr que tu l'es. J'en attends pas moins de ta part. On va prendre notre temps, d'accord ? Pour l'instant, je peux dormir sur le canapé et veiller sur vous. Le reste, on verra plus tard. »

Elle se colle contre moi, enlace ma taille. « Merci », murmure-t-elle contre mon T-shirt.

Je caresse ses boucles douces. « Merci à toi, bébé. Je suis simplement reconnaissant que tu me laisses rester chez vous. Non que j'aie pas apprécié que ta voisine me tire dessus. »

Elle glousse et lève la tête pour me sourire. J'ai le souffle coupé par sa beauté et sa fraîcheur. On pourrait croire que DataX n'est jamais arrivé.

Alors que pendant ce temps, je me suis étiolé, je suis devenu l'ombre d'un homme, hanté par des flashbacks et des envies irrépressibles de violence.

Nolan et Denali méritent bien mieux que ce que je peux leur offrir.

Putain, j'espère vraiment que je ne ferai pas tout foirer.

Agent Dune

Charlie s'adosse au siège. Il louche à force de visionner des heures de vidéo de surveillance sans intérêt. Lorsque son portable vibre, il le sort de sa poche.

« Agente Gray.

— Dune. Je t'ai envoyé un lien. Le labo mexicain ne testait pas d'humains. Il faisait des expériences sur des animaux. Sur des loups. »

De la glace se diffuse dans ses veines.

Des loups.

Un souvenir enfoui depuis longtemps. Son grand-père et ses oncles qui sortent leurs fusils pour prendre un loup en chasse.

Bon Dieu.

Mais que s'imagine-t-il ? Un homme-loup, ça n'existe pas.

Un loup-garou.

« J'ai le nom de l'investisseur. On dirait qu'il était aussi l'une des principales sources de financement de DataX. Santiago Rodriguez. Originaire de Monte Lobo, au Mexique. Il vit actuellement au Honduras. Il finance aussi un laboratoire qui effectue des tests sur des animaux à Barcelone. Tout est dans le dossier que j'ai mis en ligne.

— Merci. » Sa voix est faible, il bafouille presque tandis que les questions tournent dans son esprit. « Gray ? Il y avait des animaux dans les labos de DataX ? » Il s'éclaircit la gorge. « Des loups ?

— Cette information est confidentielle. »

Ouais, mais tu pourrais sans doute l'obtenir.

Il y a un instant de silence, et il sait qu'elle entend la phrase qu'il n'a pas prononcée.

« Je vais voir ce que je peux faire.

— Merci, Gray. Je te revaudrai ça.

— Ne me remercie pas encore. »

CHAPITRE SEPT

Denali

Le bruit d'une porte qui s'ouvre et se referme me réveille, suivi de pas lourds. Je m'étire. Ma lionne est plus qu'heureuse qu'un mâle se trouve dans la maison.

J'étais un peu gênée de faire dormir Nash sur le canapé, mais s'il s'installait directement dans ma chambre, Nolan penserait qu'il est vraiment là pour le long terme. Et ça reste encore à déterminer.

Je me lève et saute sous la douche. Depuis la naissance de mon fils, j'ai l'habitude de prendre ma douche avant qu'il se réveille et ait besoin de moi. Bien sûr, un autre adulte est là s'il se réveille, à présent. Même si Nash ne saurait pas du tout quoi faire.

Nolan entre dans la salle de bains alors que je sors de la cabine de douche. « Maman ?

— Oui, bébé ?

— Nash est toujours là et il a acheté des donuts.

— Ah oui ? » Bon, mon fils n'a pas besoin d'être excité par du sucre, mais j'apprécie l'intention.

« Il a dit que je dois te demander pour en avoir un.

— Tu pourras en manger un quand tu auras bu un verre de lait. Va demander à Nash de remplir un de tes gobelets. » J'espère qu'il s'en sortira. J'imagine que je le teste un peu.

Lorsque je sors de la chambre, Nash et Nolan sont attablés dans la cuisine, chacun devant un donut et un verre de lait. Ils parlent de voitures. Je ne sais pas si les petits garçons trouvent les moyens de locomotion passionnants parce qu'on les encourage ou parce que les hommes ont une attirance innée pour le sujet, mais aucun doute, mon fils est enthousiaste.

« J'aime les tracteurs articulés », dit-il à Nash.

Ce dernier essuie le lait autour de sa bouche du revers de la main et me jette un coup d'œil. « Il vient de dire *articulés*.

— Je sais. C'est mignon, hein ? » Je souris jusqu'aux oreilles, ma poitrine se gonfle de fierté. Quel plaisir de pouvoir partager l'adorable intelligence de notre fils.

« Je t'ai acheté un café. Je ne sais pas comment tu le bois.

— Merci. Avec du lait, sans sucre. »

Ouah. On va vraiment apprendre à préparer le café de l'autre ?

Ça commence à être sérieux.

Je soulève le gobelet tiède et bois une gorgée. Nash a acheté une dizaine de viennoiseries différentes. Je prends ma préférée, une patte d'ours, et mords dans la pâtisserie sucrée.

« Alors, hum, qu'est-ce que tu vas faire aujourd'hui ? »

Il jette un regard en coin à Nolan avant de répondre : « Je travaille. »

Ah. Un combat.

« À quelle heure ?

— Quatorze heures. Je m'arrangerai pour être revenu de San Diego à temps pour t'emmener dîner. Ça t'irait ? »

Je mâche ma bouchée. « Tu me proposes un rencard ?

— Je peux avoir un autre donut ? demande Nolan.

— Non.

— Bois ton lait », ajoute Nash.

Je masque mon sourire. On a vraiment l'air d'un couple marié.

« Ouais, je te propose un rencard. J'ai envie de vous inviter dans un bon restau.

— Tous les deux ? » Mon ton est incrédule. Les enfants de trois ans et les restaurants ne font pas bon ménage.

« Ouais ? » Il ne semble pas sûr. Il n'imagine pas ce que c'est de devoir divertir un enfant en bas âge en attendant que les plats soient servis.

« Je vais voir si je peux trouver une babysitter.

— Une babysitter. Ouais, bien sûr. Bonne idée. Je serai de retour vers dix-huit heures. » Il déplie son corps massif de la chaise. Bien que j'aie besoin qu'il s'en aille pour préparer mon fils et moi-même si je veux espérer partir à l'heure, je me rends compte que je suis déçue qu'il parte.

Il hésite, comme s'il voulait m'embrasser pour me dire au revoir, mais savait qu'il ne vaut mieux pas. À la place, il lève la main. « À plus.

— À plus dans le bus », dit Nolan.

Nash sourit et ouvre la porte. Ses épaules larges emplissent le chambranle lorsqu'il sort de la maison.

Un homme déséquilibré.

Un beau lion séduisant.

Nash

Je rentre à Temecula à temps pour grimper dans la colline derrière la maison de Denali et cueillir des fleurs sauvages. Je me comporte comme un satané adolescent sur le point de se rendre à son premier rencard. Et sincèrement ? Je me sens tout aussi mal à l'aise. Je ne sais absolument pas comment être le compagnon de Denali ou le père de Nolan. Mais j'ai vraiment envie d'apprendre.

Mme Davenfield m'observe par sa fenêtre alors que je descends la pente, un bouquet à la main. Je suis presque sûr de la voir sourire, et j'en déduis que je ne risque pas de me faire tirer dessus. Pas ce soir, du moins.

Je toque à la porte et Denali vient m'ouvrir. Elle a mis une robe portefeuille rouge moulante, le genre avec un décolleté plongeant qui révèle chaque courbe de son corps délectable. Ouais. Je vais clairement avoir du mal à me concentrer pendant le dîner.

Quand je lui offre les fleurs, un sourire illumine son beau visage. Je n'ai pas droit à un baiser de bienvenue, mais bon, on a un public.

Nolan perd sa timidité. Il accourt et s'arrête à côté de sa mère. Je tends le poing, qu'il cogne du sien.

Une jeune femme est assise sur le canapé et tripote son téléphone.

« Voici Ashley, dit Denali. Elle va garder Nolan pendant notre absence. »

Je la lorgne d'un mauvais œil. Je ne fais confiance à personne pour garder notre fils. Mais bon, je connais que dalle aux enfants ; qui suis-je pour juger ?

« On ne sera pas longs », dit Denali à Ashley en mettant les fleurs dans un vase rempli d'eau.

Je pose ma main dans le bas de son dos pendant qu'on marche vers ma voiture. Je n'ai pas eu de rencard depuis des années. Peut-être même depuis le lycée. Pourtant, être galant avec Denali me vient naturellement. Je dois me remémorer l'éducation de mon dernier père adoptif, un homme dans son monde, mais bienveillant, qui m'a appris à faire preuve de bonnes manières en toute occasion. J'avais l'impression d'être un poisson hors de l'eau dans cette famille. Aujourd'hui, je sais que c'est parce que je suis métamorphe. J'ai toujours senti que je n'étais pas à ma place. Je n'arrivais pas à comprendre toutes ces personnes vivant des existences tranquilles.

Pas étonnant que j'aie rejoint les Marines dès la fin du lycée.

J'ouvre la portière de Denali et attends qu'elle s'installe sur le siège.

Quand je monte à mon tour dans la voiture et démarre, elle demande : « À quoi tu penses ? »

J'éclate de rire. « La vérité ? Je me souvenais que le père de ma dernière famille adoptive tenait toujours la porte à sa femme. C'était un type bien. » On sort de l'allée et je prends la direction du restaurant que Laurie a choisi pour nous. Il a promis que ce serait romantique.

« Qu'est-ce qui est arrivé à tes parents ? » demande Denali d'une voix douce.

Je hausse une épaule. Je n'en ai parlé à personne depuis des années. Sans doute pas depuis mon adolescence. « Mon père a tué ma mère. » Ma gorge se noue sur les mots et un frisson me traverse.

Denali ne pousse pas de petit cri, contrairement à ce qui se passe d'habitude. Je lui en suis reconnaissant. « Tu étais là ? murmure-t-elle.

— Ouais. Enfin, je crois. Je me rappelle pas du meurtre. Mais je me souviens de son corps. Sa gorge était arrachée. Il y avait du sang partout, j'en revenais pas. Maintenant, je sais que ça devait être le lion. Il a pété un câble après avoir bu un jour et son animal l'a tuée. »

Denali pose les mains sur son ventre.

« Je sais. C'est écœurant.

— Je… désolée. Je suis désolée que tu aies vécu une chose pareille. Alors, tu as été élevé par des humains ? »

Je hoche la tête. « Ouais. Je savais pas que j'étais métamorphe avant la guerre. Mais c'est pas un sujet approprié pour un rencard.

— Si, au contraire, dit-elle avec fermeté. On ne se connaît pas vraiment. On a partagé une expérience traumatisante et elle nous a donné un enfant merveilleux. Mais à part nos cookies, nos fleurs ou nos couleurs préférés, on ne sait rien l'un sur l'autre.

— Tu as raison. » Je me gare sur le parking du restaurant. Je me sens tout à coup piégé par notre passé. J'ignore comment le laisser derrière nous pour créer des souvenirs plus joyeux.

Le rouge flotte au coin de ma vue, et je suis soudain de retour dans les entrailles de DataX.

Je suis attaché sur la table, tête, bras et jambes immobilisés. Mon ventre est en feu. Même si je pouvais bouger, je ne suis pas sûr que je voudrais regarder.

Quelqu'un se déplace autour de la table. Une blouse blanche de labo. Smyth. Le directeur des expériences menées par DataX.

« Docteur ? » demande une voix avec un accent prononcé. Des pas résonnent sur le sol, accompagnés du cliquetis d'une canne. Une forte odeur d'eau de Cologne me fait fermer les yeux. « Comment va notre sujet principal ?

— Mieux.

— Avez-vous fini par retrouver la reproductrice qui lui plaisait tant ?

— Malheureusement, non. » Smyth plante une aiguille dans mon bras avec plus de force que nécessaire, mais je remarque à peine la

nouvelle douleur parmi les affres de souffrance que ressent mon corps brisé.

« Voulez-vous que mes hommes la retrouvent ?

— Faites comme vous l'entendez, Santiago. Le projet Alpha est mon souci principal. »

Je serre les dents ; ce que Smyth vient de m'injecter brûle mes veines comme de l'acide.

« Bien sûr. Dans votre quête de la race des maîtres, n'oubliez pas qui sont vos donateurs. » La voix s'estompe alors qu'une nouvelle vague de douleur m'entraîne dans les ténèbres. J'ai une dernière pensée avant de perdre connaissance : d'abord, tuer Smyth. Puis Santiago.

« Nash ? Nash ? »

Merde. « Une seconde.

— Tu étais ailleurs pendant une minute. Enfin, plus d'une minute.

— Ouais. » J'appuie mon pouce et mon index sur mes paupières pour essayer de chasser le flou qui trouble ma vue.

« Tu viens d'avoir un flashback. »

Je hoche la tête en serrant les dents.

« Ça t'arrive souvent ?

— Tout le temps.

— Qu'est-ce que je peux faire ?

— Parle-moi. Raconte-moi quelque chose.

— Hum. D'accord. Nolan a fait un dessin à l'école aujourd'hui. Ils ont parlé des animaux de la jungle. Il a dessiné un lion avec des éclairs qui lui sortent des yeux. »

Un rire m'échappe, douloureux au départ. Ma poitrine se dénoue un peu.

« Je vais le faire encadrer. » La voix de Denali ruisselle sur moi, tiède et réconfortante.

« Denali… » Je dois le lui dire. Je ne serai jamais en état de faire partie de la vie de Nolan. « Ces visions… j'en serai jamais libéré.

— Tu veux en parler ? »

Je secoue la tête.

« Pourtant, tu devrais peut-être.

— Non. C'est dangereux. Je peux pas courir le risque que mon lion prenne le dessus.

— Il ne me ferait pas de mal.

— T'en sais rien. C'est un tueur.

— Parle-moi de la première fois qu'il est sorti.

— C'était en Afghanistan, pendant des échanges de tirs. Mon unité était à terre. J'ai vu mes amis mourir autour de moi. Et tout est devenu noir.

— Il est sorti pour te protéger. » Denali pose la main sur ma nuque. Ce contact suffit à détendre mes muscles noués.

« J'ai cru que je devenais fou.

— J'imagine. »

Elle caresse ma peau du bout des doigts et dit d'un air songeur : « Vingt ans, c'est tard pour rencontrer son animal. Tu as dû le réprimer longtemps. Il a vu une occasion et il a sauté dessus.

— Il sort quand la mort est là.

— Ou sa compagne. Je l'ai rencontré, cette nuit-là.

— Je peux pas le libérer. C'est impossible de prédire ce qu'il ferait. » Qui il tuerait. Il me suffit de me remémorer le corps sans vie de ma mère pour ne jamais, jamais vouloir laisser ressortir mon lion. Surtout avec sa soif de sang depuis que je me suis évadé de DataX. Je ferme les yeux. « Il se nourrit de la violence. Il aime faire couler le sang. C'est pour ça que je suis allé trouver Smyth. Il m'a dit qu'il pouvait nous aider à nous en remettre, mon lion et moi. Il a dit qu'il nous aiderait.

— Merde. »

J'aboie un rire sec. Je ne peux pas m'en empêcher.
« Ouais, ça résume bien la situation, dis-je en me frottant
le visage. Allez viens, on entre. » Je sors de la voiture et fais
le tour pour ouvrir sa portière, mais elle est déjà descen-
due. Ses sublimes jambes interminables sont mises en
valeur par des sandales à talons retenues par une lanière
autour de la cheville.

On entre dans le restaurant et l'hôtesse nous installe à
notre table. On commande une bouteille de vin de la
région et des huîtres en apéritif.

Denali m'observe sous ses longs cils. Son expression est
douce, si indulgente. J'ai du mal à croire que je ne l'ai pas
déjà fait fuir avec ce que je lui ai raconté.

« Je suis taré, Denali. Ça a commencé avant DataX.
Bien avant. Je suis né comme ça.

— Ce n'est pas vrai. Nos animaux ne sont ni bons ni
mauvais. Tu penses comme ça parce que tu as été élevé par
des humains et à cause de ce qu'a fait ton père. »

Je secoue lentement la tête. « Mon lion est dangereux.
Et je pense que ces flashbacks… ils font partie de lui. Si je
pouvais me débarrasser de mon animal, je le ferais. »

Denali écarquille les yeux avec horreur. Elle ouvre la
bouche pour parler puis la referme. Elle boit une gorgée de
vin, comme pour rassembler ses pensées. « Dis-moi… dans
ton flashback… qu'est-ce que tu as vu ? »

Je vide mon verre d'un trait et me passe une main sur
le visage. « Dans le dernier ? J'étais dans le labo avec
Smyth. »

Elle pose sa main sur la mienne, à plat sur la table. « Il
ne peut pas te faire de mal. Tu n'as pas dit qu'il était
mort ? »

Voulez-vous que mes hommes la retrouvent ? Les poils sur mes
bras se dressent quand je me rappelle l'homme avec un fort

accent qui parlait à Smyth. *Santiago.* « Pas lui. Il y avait quelqu'un d'autre… »

Je sursaute lorsque quelque chose vibre près de nous.

« Ce n'est rien, juste mon portable, dit-elle en sortant son téléphone de son sac. Merde, c'est la babysitter. Je dois répondre. »

J'acquiesce et vide mon verre d'eau à son tour, en essayant d'enfermer mon trop-plein d'émotions en moi. Un métamorphe adulte, un lion de qui plus est, réduit à faire une crise de panique.

« Hum, Denali ? » J'entends la voix hésitante de la babysitter dans le combiné.

Denali se crispe. « Qu'est-ce qui se passe ?

— Rien… Nolan va bien. Mais… des types sont arrivés. Ils sont dans l'allée, et nous dans la maison. »

Pour me faire entendre de la jeune fille, je demande d'une voix forte : « Une Camaro blanche ?

— Oui. Trois hommes.

— Tout va bien, dit rapidement Denali. On les connaît. On va rentrer tout de suite. »

La babysitter paraît rassurée. « D'accord. Enfin, il n'y a pas de souci. Ils ne sont pas venus frapper à la porte, ils restent près de leur voiture, mais… je crois qu'ils boivent de l'alcool. » Elle s'interrompt, puis ajoute d'un ton plus admiratif : « L'un d'entre eux a un accent irlandais.

— On arrive bientôt. Ne laisse pas sortir Nolan. » Dès que Denali raccroche, je pousse un juron.

« Ta troupe ne plaisantait pas quand ils ont proposé de babysitter. » Un petit sourire flotte sur ses lèvres.

« Je suis content que tu trouves ça drôle.

— Ils sont pénibles, c'est sûr. » Elle redevient sérieuse. « On doit établir des règles pour qu'ils puissent continuer leurs bêtises, mais sans causer de problèmes.

— Inutile, dis-je en grondant. Ils peuvent pas causer de problèmes s'ils sont morts. »

Je laisse de l'argent sur la table et on s'en va, sans huîtres ni dîner.

Quand on arrive devant la maison, la Camaro blanche est toujours garée dans l'allée. Laurie et Parker se tiennent de chaque côté du véhicule et Declan est assis sur le capot, une bouteille caractéristique posée près de lui. L'Irlandais est torse nu, ce qui révèle les tatouages tribaux noirs qui tourbillonnent sur sa peau.

Dès qu'il nous voit, il entame *Le lion est mort ce soir*.

Denali pouffe.

Je la foudroie du regard.

« Oh, je t'en prie, dit-elle en sortant ses longues jambes de la voiture. C'est un peu marrant. »

Je grommelle dans ma barbe. Denali se dirige vers la maison, où la babysitter et Nolan se tiennent à la porte et observent la scène avec des yeux ronds.

Je m'approche de la Camaro.

Declan me pointe du doigt quand il prononce le mot *lion*.

« Ah-wim-boé, ah-wim-boé », chantent Parker et Laurie alors que Declan s'occupe du solo d'une voix aigüe. Il se penche en arrière en écartant les bras jusqu'à ce qu'il tombe presque du capot. Je l'attrape par le col de son T-shirt et le fais dégringoler de la voiture.

De l'autre côté de la rue, Mme Davenfield est sortie sur son porche et nous regarde.

« Qu'est-ce que vous foutez, putain ?

— Oh, alpha, ça va…

— Pas ton alpha…

— On s'amusait un peu, c'est tout…

— On pensait que vous étiez à l'intérieur. » Laurie

passe la tête par-dessus le toit de la voiture. Les verres de ses lunettes grossissent démesurément ses yeux.

« Ouais, vous étiez où ? » demande Parker.

À bout de patience, je regarde Laurie avec insistance. « Au restau. Tu te souviens ? C'est toi qui l'as choisi pour moi.

— Oooooooh, répondent les trois en chœur.

— J'imagine qu'on a interrompu un bon moment. » Parker secoue ses sourcils gris.

« Un coït… », commence Declan. Je le pousse contre la voiture.

« J'vais te buter.

— Nash… c'est pas grave », dit Denali. Elle s'approche avec la babysitter, qui regarde fixement Declan avec admiration. Nolan trotte derrière elles.

Merde. Je suis sur le point de me bastonner avec ma propre troupe sur la pelouse de ma compagne. Devant un gosse de trois ans.

« Bébé, reste sur la terrasse, dit Denali en payant la babysitter.

— Mais maman, je veux jouer.

— Je m'en occupe. » Laurie rejoint Nolan en grandes enjambées et s'accroupit pour parler au garçon.

« On ne voulait pas créer d'ennuis, assure Parker. Vous auriez pu continuer votre rencard.

— La babysitter nous a appelés pour nous dire que trois mecs bizarres traînaient dans l'allée, dis-je d'une voix grondante. D'après toi, on allait faire quoi ?

— Ma belle, t'avais pas peur de nous, au moins ? » Declan se tourne vers la babysitter et lui prend la main, qu'il porte à ses lèvres pour l'embrasser.

« Oh, non, répond-elle en battant des cils. Je me demandais qui vous étiez, c'est tout.

— Declan O'Connor, à ton service. Je serais ravi de faire ta connaissance. »

La jeune fille fait un grand sourire à Declan tandis qu'il la raccompagne jusqu'à sa voiture.

Nolan crie à sa mère qu'il va montrer ses camions à Laurie. Ils disparaissent tous les deux dans la maison.

« Plus de peur que de mal », murmure Parker.

Je soupire. Mon lion a toujours envie de tuer quelqu'un.

« Nash. » Quand Denali pose une main dans mon dos, une partie de la tension qui me crispe s'envole. « Tout va bien, vraiment. J'apprécie tes amis bizarres. »

Mes amis. Je ne les considère pas vraiment comme tels, pourtant je suppose que c'est ce qu'ils sont. La dernière fois que j'ai appelé des gens mes amis, ils ont tous été tués. J'imagine que depuis, j'ai choisi de ne plus être proche de personne.

Malgré mes efforts pour les tenir à distance, ces crétins se sont infiltrés dans ma vie.

Abrutis tarés.

∿

Denali

Lorsque je sors de la chambre de Nolan après l'avoir mis au lit, Nash rôde dans la maison. Il se déplace sans bruit de pièce en pièce et regarde par les fenêtres sans ouvrir les rideaux.

Le fait qu'il pense sincèrement que nous sommes en danger devrait me faire peur, mais j'ai du mal à me sentir effrayée avec un protecteur aussi vigilant.

J'ai cette envie folle de le détendre. Ce qui est bizarre, parce que je suis censée garder mes distances avec lui.

J'imagine que ma lionne ne comprend pas. Elle le voit comme mon compagnon. C'est mon rôle de l'apaiser. De le satisfaire. De l'inviter dans mon lit.

Merde, je vais carrément l'inviter dans mon lit.

Ouais, il n'aura pas dormi plus d'une fois sur le canapé. Mais bon, je ne peux pas m'en empêcher. J'ai passé toute la nuit dernière à imaginer comment ce serait qu'il dorme à côté de moi. Me tiendrait-il contre son torse, comme il l'a fait quand nous avons passé la nuit ensemble dans la cellule ?

Dormir auprès des battements de son cœur serait-il aussi réconfortant que je l'imagine ?

J'approche dans son dos et passe les bras autour de sa taille. « Tout va bien ?

— Ouais. » Il se retourne, plonge une main dans mes cheveux pour me faire lever la tête. « Désolé qu'on ait pas pu dîner. »

Je souris. « J'ai eu ce que je voulais.

— C'est-à-dire ?

— Du temps seule avec toi. »

Une ombre de tristesse passe sur son visage, comme s'il avait l'impression d'avoir tout fait foirer. En toute honnêteté, savoir qu'il souffre de stress post-traumatique n'est pas dissuasif à mes yeux. Je crois que je m'inquiéterais plus dans le cas contraire. Si j'avais le moindre doute qu'il a gardé autant de séquelles que moi après DataX, il s'est envolé. Il a peut-être participé volontairement au programme, mais il était prisonnier et a été torturé. Exactement comme moi.

En revanche, il a peur de son lion, ce qui me préoccupe. Un animal si puissant ne peut être réprimé. C'est sans doute pour cette raison que son lion a besoin de se battre chaque fois qu'il finit par le libérer. À moins que… est-ce qu'il se bat sous forme humaine ?

Je me promets d'assister à un de ses combats. J'ai besoin de voir comment cet homme gagne sa vie, même si c'est d'une manière sordide.

Nash appuie son front contre le mien et passe un doigt le long de ma clavicule jusqu'à ce qu'il atteigne la naissance de ma poitrine. « Je suis à l'étroit dans mon pantalon à cause de cette robe. »

Le rire qui s'échappe de ma bouche est rauque. « Ah ouais ? »

Il pince mon téton, fort. Comme les autres fois, son agressivité me ravit. Ce sont les seuls moments où il ne prend pas de pincettes avec moi. Ce qui me choque toujours un peu, d'une façon qui se répercute directement dans le creux de mes reins. « Ouais.

— Tu veux me l'enlever ? »

Il émet un grondement bas, félin.

J'éclate de rire et pars en courant vers ma chambre.

Il ne lui faut qu'une demi-seconde pour me suivre, ses bottes résonnent lourdement contre le plancher en pin. Il me laisse arriver jusqu'à la chambre avant de m'attraper par la taille. Sa bouche est contre mon cou, ses dents effleurent ma peau.

« Tu viens de fuir, j'ai bien vu ? » Sa voix est grave, lourde de promesses.

Par le ciel, j'espère qu'il veut encore me punir.

« Je... Il va y avoir des conséquences ? » J'ai l'air essoufflée.

Il rit sombrement. « Merde, tu l'as dit. » Il détache lentement sa ceinture, prend tout son temps pour la faire sortir des passants de son jean.

Je déglutis et commence à me dire que j'ai eu les yeux plus gros que le ventre, mais il enroule la bande de cuir autour de mes poignets, la fait passer dans la boucle et lève mes bras au-dessus de ma tête. Je me sens comme une marionnette.

Il passe l'extrémité de la ceinture par-dessus la porte et la pousse pour la refermer, m'emprisonnant. Je suis à présent suspendue à la porte. Il grogne d'un ton approbateur. « J'ai rêvé de voir ça toute la soirée. » Il fait un pas en avant et écarte les pans de ma robe portefeuille pour exposer mon soutien-gorge en dentelle blanche. « Ouais, plutôt ça. » Il recule et pose la main sur son membre par-dessus son jean.

Bien que la boucle de la ceinture blesse légèrement mes poignets, je me laisse pendre de tout mon poids, comme si j'essayais de m'échapper.

Nash me replaque sans douceur contre la porte, colle ses lèvres sur les miennes. « Tu essaies de m'échapper, ma reine ?

— Mmmf. » C'est tout ce que je peux répondre, parce qu'il possède de nouveau ma bouche après avoir murmuré : « Ma belle, belle lionne. »

L'une de ses mains glisse dans mon soutien-gorge tandis que l'autre se referme autour de mon cul. Je lève une jambe et la passe autour de sa taille, j'avance mes hanches pour venir à la rencontre de ses lents va-et-vient. Il pince mon téton et le fait rouler entre ses doigts en une exaspérante torture qui liquéfie mon entrejambe. Je me balance contre la tension de la ceinture, j'ai les jambes en coton. Sa bouche descend dans mon cou en même temps qu'il baisse ma robe sur mes épaules. Il a dû défaire le nœud à un moment, parce qu'elle tombe en un tas rouge à nos pieds. Je ne porte plus que mes sous-vêtements blancs, qui mettent en valeur ma peau café. Je les ai achetés cet après-midi en prévision de notre rencard.

« Merde, Denali, gronde Nash. Est-ce que tu as la moindre idée de ce que tu me fais ? » Une lueur jaune brille dans ses yeux. Les miens sont sans doute devenus gris-vert. Nash referme son poing autour de mes boucles et me maintient pour me donner un autre baiser sauvage. Alors que ses lèvres bougent sur les miennes, il baisse mon soutien-gorge et pétrit ma poitrine. « Je vais te baiser juste ici, contre cette porte, Denali. Et tu as intérêt à te retenir de crier, parce que si tu réveilles le petit, je te laisserai pas jouir.

— Me *laisser* jouir ? » Un éclat de rire indigné s'échappe de ma bouche.

Il déchire la couture latérale de ma nouvelle culotte et l'arrache. « Tu m'as entendu. » Sa voix est teintée de défi, ce que j'adore.

Je resserre la prise de mes jambes autour de sa taille pour l'attirer plus près et frotte ma chatte nue contre la braguette de son jean.

Il pousse un juron sec et le déboutonne. Sa queue en jaillit, épaisse et splendide. Je suis reconnaissante qu'il ait la présence d'esprit de sortir une capote, parce que l'idée ne m'a même pas traversé l'esprit. Il la déroule sur son membre et s'enfonce en moi en un brusque coup de bassin.

Mon dos est écrasé contre la porte. Je suis maintenue en l'air par Nash, mon bassin soulevé par le sien, ce qui soulage la tension sur mes poignets.

Nash me mord le cou, se retire et replonge entièrement en moi. « Je te prends exactement comme j'en ai envie, bébé.

— Oui », dis-je en un souffle. Il m'emplit, me satisfait d'une façon dont j'ignorais avoir besoin. Chaque coup de reins est un pacte, une promesse. Il a besoin de moi. J'ai besoin de lui. Le lien entre compagnons est indestructible. Nos animaux ont fait leur choix. « Bon Dieu, oui. »

Nash agrippe mes hanches tandis qu'il me pilonne, la

porte tremble sur ses gonds chaque fois que nos corps cognent contre le bois.

Nous bougeons comme un seul être, en parfaite communion, en un rythme parfait. Je me soumets à sa revendication comme je l'ai fait la nuit dernière, et soudain, tout devient clair.

Je n'ai pas été forcée.

Les hommes de DataX nous ont peut-être ordonné de nous accoupler, mais nos animaux se sont choisis, en dépit de tout le reste. Nash m'a marquée comme sa compagne parce que c'est ce que je suis, pas parce qu'il a perdu les pédales sous la contrainte. À vrai dire, DataX nous a rendu service en nous permettant de nous rencontrer.

Ma prise de conscience me fait presque éclater en sanglots pendant que Nash commence à perdre le contrôle. Ses mouvements deviennent saccadés, ses cuisses tremblent alors qu'il me pénètre jusqu'à la garde.

« Tu es prête à jouir, bébé ?

— Tu vas me laisser faire ? » Ma voix est ronronnante.

Il lâche prise. Ses allers-retours deviennent effrénés. « Ouais, putain. Jouis pour moi, belle lionne. »

Je m'abandonne complètement, le laisse m'emplir et me vider, allant et venant en moi jusqu'à ce que mon plaisir passe le point de non-retour.

Je tire sur la ceinture et serre sa taille entre mes cuisses pour l'attirer encore plus profondément. Il étouffe mon cri d'un baiser et nos orgasmes nous emportent en même temps. Ma chatte se contracte autour de sa queue qui palpite.

« Tu es à moi, tu es à moi, tu es à moi. »

En m'entendant psalmodier, Nash est secoué par un éclat de rire chevrotant. Il prend mon visage entre ses mains. « Ah oui ? » Il passe son avant-bras sous mes fesses pour me soulever et décoince la ceinture de la porte. Je libère mes poignets pendant qu'il me porte jusqu'au lit. Il m'allonge sur le matelas et embrasse les marques rouges, là où le cuir a blessé ma peau.

« Tu vas vraiment me revendiquer, bébé ? demande Nash d'un ton voilé.

— Oui. » Je tends la main et caresse son crâne. Je suis sincère. Nash est mon compagnon. Nos animaux ont fait leur choix. Pour le reste, on se débrouillera.

CHAPITRE HUIT

Denali

La Fosse est située dans la partie à l'abandon d'une zone industrielle. Je gare ma voiture cabossée à la périphérie d'un parking rempli de camionnettes et de motos. Les odeurs animales alourdissent l'air. Un parfum domine : celui de Nash. J'inspire profondément et m'approche de la porte à grands pas du haut de mes bottines en cuir, que j'ai assorties avec une minijupe noire qui met mes longues jambes en valeur. Un bustier noir moule ma poitrine. Le kohl autour de mes yeux, les fins anneaux dorés à mes oreilles, ma chevelure qui s'étale doucement autour de mon crâne et mon odeur crient ma nature : une lionne en chasse.

Je reçois de nombreux regards insistants de la part d'un groupe de mecs tatoués qui fument de l'herbe près de leurs motos. D'autres métamorphes se retournent quand j'entre dans le bâtiment plongé dans la pénombre. Quelques loups se tiennent près de la porte, leurs vestes en cuir proclament qu'ils appartiennent à la « meute Timberland ». Ils forment une bande hétéroclite de crêtes et de tatouages amateurs. Ils se redressent sur mon passage et sifflent dans ma direction. Je leur décoche un regard mauvais en montrant les dents. Un éclat métamorphe brille dans leurs regards avant qu'ils baissent la tête devant mon animal, plus dominant que les leurs.

Ma lionne a un petit sourire. Ils n'ont peut-être pas l'habitude des félines, par ici. Quand des effluves de bière et d'urine me font plisser le nez, je comprends pourquoi. Je préfère les établissements plus élégants.

J'arrive jusqu'au comptoir du bar avant d'hésiter. Je sais qu'un combat se déroule quelque part, mais je n'ai pas envie de demander pour le trouver.

Un grand type se décolle du coin de la salle. « Denali. » Laurie cligne les yeux, grossis par les verres épais de ses lunettes. « Tu es là. Est-ce que Nash…

— Non. Je voulais venir. Je voulais voir. » Si Nash va faire partie de ma vie et de celle de Nolan, je veux tout savoir à son sujet. Le bon, le mauvais et le reste.

Et puis, j'ai toujours eu envie d'assister à un combat.

La pomme d'Adam de Laurie fait le yoyo lorsqu'il déglutit. « Tu es sûre…

— Je suis sûre. » J'ai pris une voix autoritaire. « Emmène-moi le voir, Laurie. »

Alors que nous descendons un long escalier, une odeur animale sature l'atmosphère, un mélange de fourrure et de sang. Ma lionne s'approche de la surface, et l'obscurité cède bientôt le pas devant mon regard lumineux. Je me rends compte que le bruit de fond est le grondement étouffé d'une foule de métamorphes déchaînés. Le sol semble vibrer, les éclats de voix donnent à la pièce son propre rythme cardiaque.

« C'est plein ce soir. » J'humecte mes lèvres. Ma peau fourmille, être à proximité de tant de métamorphes fait battre mon cœur plus fort. Ma lionne est excitée, elle s'efforce d'absorber tout ce qui l'entoure. Je me sens… vivante.

« C'est toujours plein quand Nash se bat. » Laurie montre le milieu de la pièce et je retiens ma respiration. Un énorme métamorphe au visage couvert de cicatrices se tient torse nu au milieu d'une cage de combat. Sa tête et ses épaules sont si larges qu'il paraît ne pas avoir de cou. Il frappe son torse et rugit. Les membres du public en liesse répondent à sa soif de violence, secouent le grillage métallique pendant que l'adversaire monte sur le ring. L'autre combattant a les cheveux presque rasés et un drapeau américain drapé sur ses épaules.

Nash.

Mon pied chancelle sur la marche. Le regard de Nash parcourt la foule sans la voir, il ignore son adversaire qui gronde. Il lève soudain brusquement la tête vers l'escalier. Je me penche pour me dissimuler derrière des guépards appartenant à un club de bikers en espérant que mon parfum félin se fondra au leur. Lorsque je relève les yeux, Nash s'est tourné pour parler à Parker. Leurs têtes restent un instant penchées l'une contre l'autre pendant qu'ils discutent, puis Nash détache le drapeau et le plie avec soin avant de le confier au petit métamorphe. Parker sort du ring et referme la porte. Une seconde plus tard, sa voix tonne dans les haut-parleurs pour annoncer le début du combat. Des huées et des encouragements noient ses paroles.

Je me tourne vers Laurie. Le métamorphe longiligne se penche pour m'entendre.

« Il se bat contre qui ?

— Un ours. Il vient d'Alaska. Il se fait appeler *Grizz*.

— Il est énorme. Il n'y a pas de pesée pour les combattants ?

— Pas pour ces combats. » Le rire de Laurie résonne au-dessus de ma tête, et je sens une odeur de plumes. « Regarde. »

La cloche sonne et les deux hommes commencent à se tourner autour. Le grizzli est étonnamment agile. Nash a le visage crispé par la concentration. Le combat démarre par quelques coups légers, puis le métamorphe marqué de cicatrices bondit et envoie un coup de poing fracassant en direction de la tête de Nash. Celui-ci esquive avec grâce et s'écarte sous les murmures des spectateurs. Ils veulent voir un beau combat. Ils veulent voir du sang.

Le grizzli devient dingue. Il baisse la tête et carre les épaules. Ses poings sont des machines, ils distribuent des coups sévères à un rythme constant et redoutable. Nash parvient à le toucher, mais surtout, il danse en faisant des pas à gauche et à droite. L'ours pousse un grondement de frustration et redouble de vitesse. Ses bras deviennent flous. Je m'accroche à Laurie.

« Regarde », répète-t-il.

Nash s'amuse avec le grizzli, sautille avec légèreté. Un jeu, une danse, et les spectateurs s'impatientent. Ils se mettent à encourager l'ours, qui attaque, attaque, attaque.

« Il le fatigue », dis-je en un murmure. Au même instant, le poing du grizzli percute l'épaule de Nash. J'entends un craquement depuis l'autre côté de la salle. Le sang jaillit. La foule grogne de plaisir, l'odeur de fourrure devient plus forte. Autour de nous, des griffes apparaissent et des canines s'allongent. Nash continue à bouger, gracieux et furtif.

En moi, ma lionne donne des coups de griffe. Voir l'habileté de Nash sur le ring l'excite incroyablement.

« Le roi des animaux ! » scande la foule. Les métamorphes se pressent contre la cage, passent les doigts à travers le grillage pour tenter de toucher leur souverain. Ils l'adorent. Ils en redemandent, désirent la sublime violence qu'il leur donne. Il incarne leurs animaux, leur besoin. Le sang qu'il fait couler les satisfait davantage que le sexe et ils en veulent plus, toujours plus.

Ils ne peuvent pas avoir Nash. Il est à moi.

Avant que je me rende compte de ce que je fais, je me fraie un chemin parmi les spectateurs et traverse toute la salle jusqu'à la cage. Un loup gronde quand je le pousse sur le côté, mais il lui suffit de poser les yeux sur ma lionne pour battre en retraite en gémissant, la tête basse. S'il avait une queue, il la rentrerait entre ses jambes.

Ils appellent Nash le *roi des animaux*. Et tout roi a besoin d'une reine.

Je me place au premier rang. Seul un fragile treillis métallique me sépare du combat. Il en émane une légère odeur d'argent, sans doute une sorte d'alliage pour résister aux métamorphes. J'agrippe les mailles du grillage et me délecte de la légère brûlure. Puis j'attends.

Nash tourne la tête dans ma direction. Je souris. Il écarquille les yeux, un flamboiement ambré illumine ses pupilles.

Coucou chéri, susurre ma lionne. Il secoue la tête, comme s'il n'arrivait pas à croire que je suis vraiment là.

Quand il articule mon prénom, je sens pratiquement son souffle sur ma peau.

« Qui est la salope ? » s'amuse le grizzli. Les yeux de Nash prennent un éclat doré. Occupé à se moquer de moi, l'ours ne s'en rend pas compte. Il n'a pas la moindre chance.

Nash fait volte-face et donne une bourrade dans le torse épais de son adversaire. Ce n'est plus de l'art, simplement des coups féroces qui s'abattent avec une force implacable. Le grizzli essaie de répliquer, mais chaque attaque le pousse à reculer et le fait basculer en arrière. Ses ripostes manquent leur cible. Enfin, l'ours s'effondre. Nash le plaque au sol en poussant un rugissement victorieux. Je ressens le son dans chaque cellule de mon corps. La foule se presse dans mon dos.

Parker ouvre la porte et des métamorphes envahissent la cage, me poussent à l'intérieur. Ils soulèvent Nash et le portent en triomphe. Il se tord le cou à ma recherche tandis qu'ils l'emportent en chantant : « Le roi, le roi, le roi ! »

Declan apparaît à côté de moi. « Le combat t'a plu ?

— Il est où ? » Le besoin réduit ma voix à un souffle.

La commissure des lèvres de Declan se soulève. « Suis-moi. »

Mais traverser la salle prend une éternité. Declan finit par m'entraîner jusqu'au mur, auquel on s'adosse pour avancer. On dépasse un métamorphe qui hurle sans raison, surexcité par l'énergie du combat. Enfin, on parvient au fond de la pièce devant une porte à l'accès réservé. Declan la pousse et la tient ouverte pour moi. « Par ici. Au bout du couloir. Tourne à droite après les casiers. Tu peux suivre l'odeur du sang. »

Je fonce dans le couloir, les tempes battantes. Les vociférations de la foule font trembler les murs. Je capte un effluve chargé d'épices.

« Nash. » Je continue.

Il est seul dans le vestiaire, adossé aux casiers, la tête basse. Du sang s'écoule de son dos. Un guerrier, blessé, mais pas brisé. Mon guerrier.

« Nash. »

Il se retourne. Je cours vers lui et bondis à la dernière seconde. Il me rattrape facilement, ses mains glissent sous mes fesses pour me maintenir tandis que je lui grimpe dessus.

Je plaque ma bouche sur la sienne.

~

Dans les bras de Nash, j'oublie la cellule, les gardes. J'oublie tout à l'exception de ses lèvres qui bougent contre les miennes.

Je suis un nouvel être, uniquement composé de désir et de sensations électriques. Mon cœur s'affole quand Nash met fin au baiser et colle sa bouche contre mon cou. Ses dents effleurent ma peau.

Je gémis, mes hanches sursautent contre lui. Il est solide et fort, son corps musclé est impressionnant. Je serre sa taille entre mes jambes pendant qu'il me soulève, me fait pivoter et m'allonge sur le lit en dessous de lui. En sécurité, protégée.

Ses yeux sont ambrés. Je suis certaine que les miens sont gris-vert. « Denali, gronde-t-il, je perds le contrôle. Tu devrais m'arrêter…

— Je n'ai pas envie d'arrêter. » Je n'ai jamais couché avec un lion. Je n'imaginais pas combien sa proximité pourrait être irrésistible. Je le tire contre moi. Je ne me lasse pas de son odeur, de sa chaleur, de ses hanches contre les miennes. Il essaie d'être prévenant, mais ça ne fait que m'agacer. Je gronde. « Arrête de te retenir. Prends-moi, Nash. J'en ai envie. » Je soulève le bassin et frotte mon sexe mouillé contre son érection.

Il me pénètre avec une puissance qui me coupe le souffle. Le lit de camp grince et gémit sous la force de ses coups de reins. Quelque part à l'extérieur de la cellule, je crois entendre les gardes qui nous encouragent. Ça m'est totalement égal. Rien n'a d'importance à part la sensation incroyable de Nash qui bouge en moi. Il vient de passer une demi-heure avec sa bouche collée sur mon sexe, à me lécher pour me donner orgasme sur orgasme, mais ce n'était pas suffisant.

Voilà ce dont j'avais besoin.

Il prend appui sur le mur au-dessus de ma tête et s'enfonce encore plus profondément, plus fort.

J'aurais dû me douter de ce qui allait suivre.

De longues canines se sont allongées dans sa bouche. Mais je ne pouvais penser que encore. Oui. *Je n'avais conscience que du plaisir intense alors qu'il m'emplissait. Me revendiquait.*

Ma tête cogne contre le mur en béton et je lève les mains pour la protéger, mais Nash se retire en lâchant un juron. En un clin d'œil, je suis à genoux face au mur, les mains écartées sur la surface lisse, et il me prend par derrière. Je me cambre pour lui, projette mes fesses en arrière alors qu'il serre mes hanches assez fort pour laisser des bleus.

Il me lime encore et encore jusqu'à ce que je perde complètement la tête. Des étoiles explosent sous mes paupières. J'entends un grondement, mais je ne sais pas s'il vient de lui ou de moi. Le rugissement est le sien ; c'est un rugissement de lion, et je n'ai aucun doute sur le fait que tout le monde dans le bâtiment, humains et métamorphes, l'a entendu. Toute créature à quarante kilomètres à la ronde l'a probablement entendu et s'est mise à l'abri. Impossible de confondre le rugissement d'un lion avec autre chose.

Nash plonge en moi jusqu'à la garde et s'immobilise. Je frémis et me contracte autour de lui pendant que mon esprit part en orbite autour de la lune. Je ne reviens dans mon corps qu'au moment où ses dents entaillent mon épaule.

La douleur est fulgurante, mais elle est rapidement suivie d'euphorie. Ma lionne rugit à son tour.

Nash m'a marquée.

Je devrais être en colère. Je devrais me retourner et lui donner une claque. Mais je ne ressens que de la félicité.

Une extase sans précédent me fait trembler de tous mes membres.

Nash m'assied sur ses genoux et lèche la blessure jusqu'à ce qu'elle se referme. « Denali. Merde, Denali, parle-moi. Ça va ? Je suis vraiment désolé. Je voulais pas que ça arrive. »

Mes paupières se ferment à moitié et je l'embrasse pour le faire taire. Mon ronronnement est ma seule réponse.

～

Nash

Le parfum de ma compagne est partout, et ses mains avides parcourent mon corps couvert de transpiration.

« Tu es venue. Tu as assisté au combat.

— Oui. » Elle se balance contre moi. « Oui. J'ai besoin que tu me prennes. »

Malgré sa bouche sur la mienne, mes pensées dérivent. Elle a vu la pire facette de moi, mon état le plus violent, quand mon animal se déchaîne.

« Denali, s'il te plaît…

— J'ai besoin de toi, halète-t-elle. J'ai besoin de toi. »

J'arrête d'essayer de comprendre. Je soulève sa jupe et reste bouche bée. Elle n'a pas de culotte. Putain, elle ne porte qu'une minuscule bande de tissu sur les seins et une autre autour des hanches. Sa peau est chaude, douce et propre, et si la mort me frappait à cet instant, je mourrais heureux. C'est peut-être le cas. Je suis peut-être mort dans la cage et monté au paradis.

« Le roi des animaux. » Elle frotte son nez contre ma peau, à la manière d'un chat qui réclame des caresses.

« Seulement si tu es ma reine. » Je la fais reculer contre les casiers en grondant. Je baisse mon pantalon pour libérer ma queue gonflée, puis fouille dans mon sac jusqu'à ce que je trouve mon portefeuille et la capote qu'il contient. Elle ronronne alors qu'elle m'aide à la dérouler sur mon membre et le guide vers l'entrée de son sexe.

C'est mal. Je ne devrais pas baiser ma compagne dans cet endroit craignos, mais elle en a envie et je suis incapable de lui refuser quoi que ce soit. Je plonge en elle en un coup de bassin.

Sa tête part en arrière, elle enfonce ses ongles dans mon dos. « À moi », grogne sa lionne tout en labourant ma peau de ses griffes.

« Oui. » Je l'embrasse, me délecte de la douleur. J'adore sentir sa possessivité. Après ce que je viens de faire sur le ring, ses raisons pour vouloir me revendiquer me dépassent, mais je prendrai ce qu'elle veut bien me donner. Cette femelle est la seule à qui j'ai jamais tenu. La seule que je ne pouvais pas oublier. Ni abandonner.

Et maintenant, je l'ai retrouvée et elle veut de moi. Ça paraît incroyable.

Je soulève l'une de ses cuisses et la pose sur mon bras, lui-même appuyé contre le mur. Ça me donne un bon angle pour la limer, et je m'y applique avec assez d'ardeur pour enfoncer les portes des casiers en métal derrière elle.

« Denali. » Ma voix est gutturale.

« Possède-moi, lion », lance-t-elle sur un ton de défi.

J'éclate de rire. Putain, c'est la première fois que ça m'arrive depuis des années. Il n'y a pourtant rien de drôle, mais une incroyable légèreté s'empare de moi. Denali veut de moi. Elle n'a pas peur. Elle *aime* mon agressivité.

Mes coups de reins sont de plus en plus forts, mon orgasme monte et se rassemble en un ouragan de passion. Le plaisir me fait presque perdre la raison, me concentrer est une lutte, mais je passe la main dans le dos de Denali et glisse un doigt entre ses fesses.

Elle crie à l'instant où je trouve son anus. Son visage se crispe, sa bouche s'ouvre. Sa chatte se contracte fermement autour de ma bite et pulse pendant que Denali jouit en gesticulant dans tous les sens.

Je rugis aussi bruyamment que la nuit où je l'ai marquée. Assez fort pour faire trembler les murs. Mes tempes battent quand je plonge en elle une, deux, cinq fois de plus avant d'exploser.

La pièce tourne, la transpiration coule dans mes yeux.

Elle pouffe contre mon cou. « Tout le bâtiment est devenu silencieux après ton rugissement. Je parie qu'ils ne se doutaient pas du bruit qu'un lion peut faire quand il revendique sa compagne. »

Je suis content qu'elle trouve ça drôle, parce que je me sens tout à coup comme le dernier des connards. Toutes les personnes présentes dans la Fosse savent-elles que je viens de la posséder ?

Dès que je laisse ses pieds toucher le sol, elle se blottit contre moi. Je caresse sa peau sombre et aussi lisse qu'une noix polie, la frotte comme un talisman. Mais quand j'écarte la main, mes doigts sont rouges. Je saisis ses épaules. « Merde.

— Nash ?

— Du sang… sur toi… » L'oxygène s'échappe de mes poumons. Je parcours son corps, ma vue se rétrécit. Oh merde. J'ai toujours su que je lui ferais du mal. Putain, je suis dangereux.

« Tout va bien. Bébé, ce n'est rien. Ce n'est pas mon sang. Tu en es couvert. »

Oh. Ah oui. Le combat. Putain, quel soulagement.

« Je suis désolé. » Mes épaules s'affaissent. Voir du sang sur sa peau… c'est tout droit sorti de mes cauchemars.

« Tout va bien. Laisse-moi faire. » Elle m'entraîne vers les douches et fait couler l'eau. Elle détache le pommeau de douche et rince le sang sur ma peau, me masse de sa main libre jusqu'à ce que je ferme les yeux.

Mes blessures se sont déjà refermées, je suis en pleine forme. Je n'avais pas cicatrisé aussi vite depuis… je ne sais pas depuis quand.

« Ça va mieux ? » demande-t-elle en me tendant une serviette.

Je me sèche avant de la prendre dans mes bras. Je serre sa silhouette fine contre moi. Elle n'est que puissance sinueuse à l'intérieur d'une délicate enveloppe féminine. « Denali. » Je baisse la tête vers son épaule, qui porte ma marque, et respire nos odeurs mêlées. Elle est chaude et douce. Quand elle est entre mes bras, je me sens chez moi.

« Viens, bébé. Laisse-moi te ramener à la maison. »

∼

« Ton film préféré ?

— Le Roi Lion. » Denali étouffe un rire. On est allongés l'un contre l'autre. Elle caresse mon dos de haut en bas, suit les contours de mes muscles. « Et toi ? »

Elle détourne la tête et bat des cils. Ses yeux se remplissent de larmes. « Vivre libre. »

Je resserre mon étreinte. « Denali, je vais te faire sortir d'ici… »

La porte s'ouvre violemment. Je me redresse en sursaut, mais les gardes sont prêts. Les matraques électriques s'abattent sur moi. Mes genoux cèdent, mais la douleur n'est rien comparée aux hurlements de ma compagne alors qu'ils l'emportent de force.

CHAPITRE NEUF

Denali

Il me pourchasse à travers les pins. Je n'entends pas ses pas lourds, mais je sais qu'il trotte juste derrière moi. À l'instant où j'ai garé ma voiture au départ du chemin de randonnée de Temescal Ridge, je me suis déshabillée et j'ai muté, laissant Nash pétrifié par la confusion.

Attrape-moi, lion.

Je veux que Nash accepte son animal comme je le fais. Il le considère comme un ennemi depuis trop longtemps. Il devrait ressentir le plaisir de la chasse. De la course. D'étirer son long corps souple et de courir à quatre-vingts kilomètres-heure.

J'ai déposé Nolan à la maternelle et réorganisé mes rendez-vous. Il aurait pu venir avec nous, mais Nash se méfie tellement de son lion… Je voulais lui accorder toute mon attention, et je n'ai pas envie qu'il se préoccupe de se comporter en bon père avec Nolan pendant ce moment. Parce que même s'il tente d'endosser ce rôle avec une grande prudence, je sais qu'il est encore en train de s'y habituer.

J'adore libérer ma lionne. Courir à toute vitesse, pourchasser des lièvres, suivre des pistes. J'adore être sauvage, ne faire qu'un avec la nature.

Une énorme patte s'abat sur mon arrière-train et me fait chuter. Je me relève d'un bond, mais je me retrouve le dos plaqué au sol en un éclair. Nash pose doucement sa patte sur ma gorge pour me maintenir, puis lèche mon mufle. Il est resplendissant. Plus gros que tous les lions que j'ai pu voir, et deux fois plus massif que ma lionne. Sa crinière a la couleur du sable, ses yeux celle de l'ambre. Ses pattes font la taille d'une assiette. Sa longue queue s'agite derrière lui.

On ronronne tous les deux. Il est heureux. Je jure que je peux sentir la joie émaner de son lion aussi clairement que je sens le soleil sur mon pelage. L'énergie crépitante que je sentais émaner de son animal les premiers temps a disparu.

Lorsqu'il retire sa patte, et je me remets debout et me chamaille avec lui, j'essaie de le faire tomber. Bien sûr, c'est impossible. Il joue avec moi, me laisse courir autour de lui avant de me replaquer par terre.

Nous avons tout à coup repris forme humaine, bien que je ne me souvienne pas avoir décidé de muter. Son lion m'a-t-il donné un ordre alpha ? Je suis allongée en dessous de lui, exactement comme l'après-midi où il s'est présenté à ma porte, mais cette fois, nous sommes nus. Le sol de la forêt est doux et souple contre mon dos, un lit confortable de nature pour deux lions.

Il frotte son sexe gonflé entre mes jambes. « Tu aimes être pourchassée, mon adorable lionne ? » Il enfouit le nez dans mon cou.

Son gland presse contre mon entrée sans que personne

n'ait besoin de le guider. On n'a pas de préservatif et je ne pense même pas que Nash s'en souvienne, mais à cet instant, je m'en remets au destin. Si nous devons créer un autre lionceau parfait, qu'il en soit ainsi. Tout semble simple et possible quand je sens le cœur de Nash battre contre le mien.

Il me pénètre en supportant son poids sur ses mains pour ne pas m'écraser. « Je t'aime, Denali. »

On se pétrifie tous les deux. Il a l'air d'un cerf pris dans les phares d'une voiture, comme s'il n'avait absolument pas prévu de dire ça.

Une détermination sévère empreint ses traits. « C'est la vérité, dit-il avec ferveur. Je me fous qu'on ait pas encore eu le temps de prouver que ça peut marcher entre nous. Tu m'appartiens. »

Je soulève mes hanches pour l'encourager à reprendre ses mouvements en moi. D'une voix douce, je demande : « C'est de l'amour, ou la revendication de ton lion ? » Il y a une différence entre les deux. La revendication du lion, c'est le choix de son animal. L'amour est un sentiment humain. Nash sait-il seulement ce qu'est l'amour ?

Son expression est tourmentée. Je vois ses doutes vis-à-vis de lui-même, de ce qu'il est devenu, mais il secoue la tête. « Je l'aurais pas dit si c'était faux. »

Des larmes me piquent les yeux, parce que je le crois. Il n'a pas pu retenir ses mots. Il m'aime.

J'enlace son cou. « Je t'aime aussi, Nash. Tu es à moi. »

Son regard s'enflamme et il replonge en moi. Les oiseaux gazouillent et chantent dans les arbres, comme s'ils étaient encouragés par notre passion. Le ciel commence à tourbillonner au-dessus de nous, ou peut-être est-ce le désir qui me fait tourner la tête ? Ce que je sais, c'est que toute la montagne semble contribuer à nos ébats : les arbres, les feuilles, les fleurs, les autres animaux. Notre accouplement a quelque chose de magique. Un beau couronnement, comme s'il s'agissait de notre véritable union. Celle à laquelle nous étions destinés, au lieu de cette morsure dans un état second au fond d'une cellule.

Je ne suis pas surprise quand Nash rugit et mord mon épaule, au même endroit qu'il avait choisi la dernière fois.

Je sursaute, le plaisir déferle sur moi en puissantes vagues de jouissance. Je ne ressens aucune douleur. Seulement de la plénitude. Il devait en être ainsi. L'union de deux âmes métamorphes. Nous appartenons l'un à l'autre. Désormais, impossible de le nier ou de le refuser.

C'est un fait.

Nash

Je n'avais pas prévu de mordre Denali. Comme la première fois, je ne rends compte de ce que je fais que lorsque mes dents sont plongées dans sa chair et que je sens le goût de son sang. Je la lâche et lèche sa blessure. « Je suis désolé, bébé.

— *Non.* » Je me fige. C'est l'ordre d'une reine. L'ignorer n'est pas une option. « C'est comme ça qu'on était censés s'unir. »

Ses mots me réchauffent comme une brise tiède. Leur portée fait brûler mes yeux et mon nez pendant quelques instants. Elle m'a accepté comme compagnon.

Une voix perçante qui s'élève sous mon crâne me dit que je ne peux pas réellement l'avoir, que je n'ai rien à lui offrir à part de la douleur, de la souffrance et de la violence, mais je la fais taire. Je ne laisserai rien gâcher ce moment. C'est peut-être la première fois de ma vie que je ressens du bonheur. Une joie pure et totale.

Denali est à moi. Le soleil brille et les oiseaux chantent. Je suis dans la nature, et personne n'essaie de nous tuer. Du moins pour le moment. Et la sensation dans mon corps est incroyable.

Il est en effervescence, empli d'une énergie qui m'était inconnue. La puissance et la vitalité parcourent mes veines. C'est comme si je venais de boire un élixir qui m'avait conféré des superpouvoirs. Est-ce parce que j'ai couché avec Denali ? Ou parce que j'ai laissé mon lion s'ébattre ? Les deux ?

Soudain, je me sens de nouveau joueur. Je me redresse et aide Denali à se lever. « Tu ferais mieux de courir, sinon je vais te montrer tout ce que mon lion a en tête pour faire valoir sa revendication. » Je donne une tape sur ses fesses et mute.

Elle s'élance, la pointe douce de sa queue s'agite lorsqu'elle saute par-dessus des rochers, son corps agile s'élance avec grâce.

On court des heures en parcourant le flanc de la montagne de haut en bas. Quand on remarque quelques randonneurs dans les parages, on se réfugie dans la cavité d'une paroi en pierre pour les regarder passer. Puis on croise un ruisseau et on s'y désaltère. Je ne suis encore jamais resté sous ma forme animale si longtemps. C'est à la fois libérateur et terrifiant.

Et si le lion devenait trop puissant ? Et s'il ne me laissait pas reprendre forme humaine ? Et s'il demandait à sortir régulièrement ? Enfin, ma plus grande peur : et s'il tuait ou blessait quelqu'un ?

Mais je ne sens pas la terrible violence bouillonner dans mes tripes comme elle le fait d'habitude. Le lion malade qui doit se battre pour se sentir vivant paraît à des lieues de cet animal vigoureux qui parcourt fièrement la forêt. Je me sens vraiment comme le roi de la jungle.

Je n'ai pas de notion du temps, mais Denali doit mieux garder conscience de ses sens humains sous sa forme de lionne, parce qu'elle me reconduit jusqu'à la voiture en début d'après-midi.

Elle mute devant le véhicule et essaie ouvrir la portière. Elle est verrouillée. Je vois la panique apparaître dans ses yeux. Elle avait laissé les clés sur le siège tout à l'heure.

Je reprends forme humaine. « Je les ai », dis-je. Ma voix est râpeuse après être resté un lion quelques heures. Je vais chercher les clés dans le creux d'un arbre, là où je les avais cachées avant de la suivre.

Son sourire est éblouissant. « Tu assures toujours mes arrières, hein ? »

Je hoche la tête, soudain tout à fait sérieux. « Tu peux compter sur moi. »

Elle remarque mon ton et lève la tête. Nos regards se croisent par-dessus le toit de la voiture. Sa nudité ne la dérange pas, ce qui la rend encore plus spectaculaire alors que le soleil de l'après-midi fait briller sa peau. « Je te crois », dit-elle doucement.

Quelque chose a changé entre nous. Quelque chose de merveilleux et de sérieux. Les défenses qu'on avait érigées s'écroulent. Maintenant, on est du même côté. Une équipe.

Je lui lance les clés, elle les attrape sans mal et déverrouille la portière. On se rhabille avant de monter dans sa petite voiture.

« Alors, Nash ? » Denali me regarde en coin, les yeux mi-clos. Adorable lionne.

« Ouais ?

— Que penses-tu du fait d'être père ? »

Oh merde. Mon cœur commence à battre plus vite. C'est important. Elle me pose une question cruciale à cause de ce qui a changé entre nous aujourd'hui. Je dois donner la bonne réponse et ne pas me planter.

Mais je ne peux pas non plus mentir.

« Je suis mort de trouille. »

Elle laisse échapper un rire surpris. « Je connais la sensation. Merde, peu après la naissance de Nolan, j'ai rêvé que la portière de la voiture s'ouvrait pendant que j'étais au volant et que son siège enfant tombait.

— Oh, Seigneur.

— Dans un autre rêve, j'étais encore au lycée et j'avais oublié sa poussette devant la porte de ma classe. Des gamins l'avaient sorti de la poussette et j'étais en panique pour essayer de le retrouver. »

Je ris sans joie. « C'est une responsabilité intimidante. Personne a envie de foirer. »

— Exactement. » Elle me lance un nouveau regard en biais, intense. « Tu te sens prêt ? »

Ma nuque fourmille. Encore une fois, j'ai l'impression que ma réponse pourrait changer le cours de ma vie. De *nos* vies.

« Ouais. » Ma voix est enrouée.

« Tu es sûr ? Parce que tu ne peux pas t'impliquer à moitié. C'est soit à cent pour cent, soit pas du tout. Et tu ne peux pas m'avoir sans être investi à cent pour cent avec Nolan. »

Le fourmillement s'est étendu partout, il court le long de mes épaules et de ma colonne vertébrale, sur mes jambes. « Je sais, dis-je faiblement. Je suis prêt. À cent pour cent, Denali. Vous êtes ma famille. »

Si c'est vrai, pourquoi est-ce que je transpire ? Pourquoi est-ce que mon cœur tambourine plus fort qu'après avoir couru plusieurs dizaines de kilomètres sur cette montagne ?

Est-ce que je *veux* que ce soit vrai, mais qu'au fond, je sais que c'est impossible ?

Arriverai-je à faire mes preuves auprès de Denali et Nolan ? À devenir une personne que je n'aurais jamais pensé pouvoir être ?

Putain, j'en sais foutre rien, mais j'ai intérêt à y voir clair, et vite.

CHAPITRE DIX

Nash

Je finis de visser la nouvelle moustiquaire sur le cadre de la porte de Denali. Comme je n'avais aucun combat de prévu ces derniers jours, je me suis occupé en réparant des choses dans la maison. Ma priorité était de m'assurer que cet endroit soit convenablement protégé, mais j'ai aussi repeint les placards de la cuisine et installé un arrosage au goutte à goutte dans les parterres de fleurs. Je me suis même attiré la sympathie de Mme Davenfield, la propriétaire curieuse de Denali, en installant aussi un système d'arrosage pour ses fleurs.

Bricoler à droite à gauche m'amène à penser que je pourrais peut-être me réorienter, trouver une occupation plus tranquille que les combats ou la guerre. Les travaux de bricolage me conviennent bien. C'est une activité solitaire, mais utile. Elle demande de la force physique, ce dont j'ai à revendre, et des compétences en résolution de problèmes.

Il s'avère que depuis que mon lion n'essaie plus furieusement de se libérer, ma lucidité m'est revenue.

Tout ce temps, j'étais terrifié de laisser sortir mon lion, de muter pour prendre sa forme. Je pensais qu'il détruirait et tuerait tout sur son passage, parce que c'est ce qui s'est passé les fois précédentes.

Peut-être qu'il devenait fou seulement parce que j'essayais de le réprimer. Et parce qu'il était loin de sa compagne.

Quand mon portable sonne, je le sors de ma poche et regarde l'écran. C'est Denali.

« Coucou, bébé. Qu'est-ce qui se passe ?

— Nash, la maternelle vient de m'appeler. Nolan a vomi. Je suis coincée chez ma cliente… Je lui donne le bain, je ne peux pas partir. Tu peux aller le chercher ? »

J'essaie d'étouffer mon grognement surpris. « Euh, ouais. L'école me laissera le récupérer ?

— Je viens d'envoyer mon autorisation signée. Tu devras montrer une pièce d'identité, mais il n'y aura pas de problème. Je leur ai dit que son père venait le chercher. »

J'ai du mal à déglutir.

Son père.

C'est vrai.

C'est moi.

Ah ben, merde.

J'ai été envoyé accomplir des missions à haut risque pour mon pays. J'ai survécu aux tortures commanditées par mon gouvernement. Je peux m'occuper d'un gosse de maternelle qui a la gerbe.

Pas vrai ?

Je monte dans ma voiture et dois m'y reprendre à deux fois pour démarrer. Je peux y arriver. Je peux carrément y arriver. Je me répète ce mantra pendant tout le trajet jusqu'à l'école, mais je dois me donner un discours d'encouragement pour sortir du véhicule.

Les portes de la maternelle sont verrouillées et il faut utiliser la sonnette pour demander l'accès. La directrice vient à la porte. Elle me regarde d'un sale œil et me détaille lentement de la tête aux pieds. Aucun doute, les pères absents n'ont pas la cote par ici.

J'aurais dû m'y attendre.

Elle me guide jusqu'à une salle décorée de papillons, où je trouve Nolan, allongé sur un matelas dans un coin de la pièce pendant que les autres enfants s'amusent. Son teint est verdâtre. Il a vraiment mauvaise mine.

« Salut, mon copain », dis-je d'une voix douce.

Il se lève. « Où est maman ?

— Elle travaille. Je vais te ramener à la maison. »

Nolan commence à pleurer. « Je veux maman. »

Merde. Je n'ai pas la moindre idée de ce que je dois faire. Le prendre dans mes bras et mettre les bouts ? Essayer de le convaincre de me suivre ?

« Je sais que tu te sens pas bien, mon gars. Je vais prendre soin de toi. Viens, petit homme. » Je suis soulagé quand il me laisse le porter sans faire d'histoires.

Son institutrice me décoche le même regard soupçonneux que la directrice, mais elle me donne un coup de main en rassemblant les affaires de Nolan et me montre le document à signer.

Je suis pire que Schwarzenegger dans *Un Flic à la maternelle* alors que j'essaie de tenir Nolan, son déjeuner et son sac de vêtements souillés tout en ouvrant la porte pour sortir du bâtiment.

Quand on arrive à ma voiture, je commets l'erreur monumentale d'ouvrir la portière passager pour lui. Au lieu de monter à bord, il regarde fixement la banquette arrière avant de pleurnicher : « Où est mon siège ? »

Merde ! Le siège enfant… Je devrais savoir ces trucs. Pourquoi Denali ne m'a-t-elle rien dit ? À cet instant, je me souviens qu'elle m'a en effet précisé de passer la voir, mais je pensais qu'elle me le proposait au cas où je ne m'en sortirais pas seul. En réalité, elle me demandait sans doute de venir chercher le siège enfant avant de me rendre à l'école.

À ce stade, Nolan fond en larmes. Il s'accroche à la poignée de la portière en braillant à pleins poumons.

Je ne lui en veux pas. Il est malade et veut sa mère. C'est clair que je n'ai rien à voir avec maman. Mais je ne compte pas le ramener dans l'école parce que je n'ai pas de siège enfant. J'ai affronté des situations bien plus dangereuses. Il ne s'agit que de rouler quelques kilomètres sans siège bébé. On arrivera à la maison.

« Je suis vraiment désolé, mon grand. On a pas le siège, mais je vais bien t'attacher à l'arrière et on sera rentrés en un rien de temps, d'accord ? »

Aucune réponse. Il pleure trop fort.

Ça craint à fond.

J'ouvre la portière arrière et l'installe sur la banquette, puis j'attache la ceinture en faisant passer une sangle autour de sa taille et l'autre dans son dos pour qu'elle ne l'étrangle pas. « Je vais te ramener chez toi, petit homme. »

Il vomit partout sur la banquette au moment où on arrive devant chez Denali. Je m'en tape, sauf du fait que le pauvre petit gars souffre. Je le sors de la voiture et l'emmène directement dans la salle de bains pour le laver.

Je fais couler l'eau dans la baignoire et lui enlève ses vêtements couverts de vomi. Il se calme dans l'eau tiède, mais à vrai dire, son apathie m'inquiète encore plus que ses pleurs. Je nettoie son visage avec une éponge et lui donne sa brosse à dents pour qu'il puisse se débarrasser du mauvais goût dans sa bouche.

J'appelle Denali pendant qu'il est assis dans la baignoire et regarde fixement le mur. Des cernes sombres cerclent ses yeux.

« Comment il va ? demande-t-elle dès qu'elle décroche.

— Il est vraiment malade. Je dois lui donner quelque chose ?

— Un médicament, tu veux dire ? Il a de la fièvre ? »

Je touche son front du dos de la main. « Je crois pas.

— Dans ce cas, donne-lui ce qu'il arrivera à garder dans le ventre. Beaucoup de liquides. Peut-être une tartine grillée ou de la compote de pommes. Tu connais le topo. »

Je ne connais absolument pas le topo, et ça me fait me sentir comme une merde. Depuis le début de la courte existence de Nolan, combien de fois Denali a-t-elle déjà dû faire face à ce genre de situation ?

Nolan se lève dans la baignoire.

« Bon, je crois qu'il a besoin de moi, je dois y aller.

— Nash ?

— Ouais ?

— Tu vas y arriver, papa. »

Papa. Putain, je me sens très loin d'un père. Ce mot me comprime les côtes et je dois faire un effort pour respirer.

« Je ferai de mon mieux. »

J'enlève le clapet de la bonde au fond de la baignoire et enveloppe Nolan dans une serviette avant de le prendre dans mes bras. Il frissonne, docile et silencieux. Je le sèche rapidement et l'emmène dans sa chambre. « Où sont tes pyjamas, mon grand ? »

Il montre un tiroir du doigt, dont je sors un ensemble de pyjama Spiderman, et je me ridiculise le temps de comprendre comment le lui enfiler.

« Je vais t'installer sur le canapé. On va te trouver une émission sympa à la télé, d'accord ? Tu veux manger ou boire quelque chose ? »

Il secoue la tête. Je le pose sur le canapé et trouve *Georges le petit curieux* à la télévision.

« Ça ira si je vais nettoyer la voiture, mon grand ? Je serai juste devant la maison si tu as besoin de moi. »

Nolan opine du chef, et je sors en emportant un seau d'eau et une éponge. Je passe tout le temps dans l'allée à m'inquiéter. Redoutant qu'il soit de nouveau malade ou qu'il ait besoin de moi, je suis impatient de rentrer retrouver le pauvre gosse.

Putain.

Si c'est ça, être un parent, je ne sais pas si j'ai l'endurance émotionnelle nécessaire.

Et c'est complètement dingue d'espérer le contraire pour un mec qui était émotionnellement mort encore un mois plus tôt.

Denali

À MON RETOUR, je trouve Nolan endormi, blotti contre le corps massif de Nash sur le canapé. Il a un bras passé autour de son petit corps pour le tenir contre lui.

Ouf, mon cœur.

Nash regarde des dessins animés, ce qui est hilarant et adorable. J'imagine qu'il n'a ni éteint si changé de chaîne pour ne pas bouger.

Ça m'a presque tuée de ne pas foncer à la maternelle quand on m'a appelée, mais je ne pouvais pas faire faux bond à ma cliente, surtout après avoir décalé notre rendez-vous un peu plus tôt dans la semaine. Et puis, je voulais donner à Nash une occasion d'être un père. Je vois bien que ce rôle le met extrêmement mal à l'aise. Merde, j'étais terrifiée de devenir mère, moi aussi. Mais on ne reçoit pas de formation spéciale. Dans ce genre de cas de figure, ça passe ou ça casse, et le seul moyen d'y parvenir est de se lancer. Donc, ouais, prendre soin d'un enfant malade est une sorte de cours de rattrapage intensif sur la parentalité.

« Comment il va ? » Je m'approche pour toucher le front de notre fils. Il est moite, mais pas chaud.

Nash caresse la joue de Nolan du pouce. « Ça va, répond-il. Il dort depuis environ une heure.

— Merci d'être allé le chercher. »

Nash fait un geste impatient de la tête. « Me remercie pas. C'est ce que j'aurais dû faire depuis trois ans. »

Je déteste le voir s'accabler de reproches. Je touche son épaule. « Et tu l'aurais fait si je t'avais dit qu'il existait. » J'attends qu'il rencontre mon regard. Après quelques secondes, il se détend et acquiesce.

« Tu veux que je le mette au lit ? »

Nash secoue la tête. « Non. Je m'en occupe. »

Je souris, tout comme Nash, d'un air penaud. « Je suis assez fier de m'être débrouillé seul jusqu'ici. »

Je fais courir mes doigts sur ses cheveux ras, masse son crâne. « Il y a de quoi, papa. »

Il ne se raidit qu'un instant au mot *papa,* ce que je prends comme un excellent signe. Nash commence enfin à s'habituer à son nouveau rôle.

Pour la première fois depuis des années, je suis emplie d'un espoir sincère. DataX n'a peut-être pas foutu ma vie en l'air pour toujours. De bonnes choses sont peut-être encore possibles. Un père aimant pour mon fils. Un partenaire, un compagnon. Peut-être même une vie de famille heureuse.

Ça se fête. Je vais dans la cuisine en fredonnant et sors les ingrédients pour préparer des cookies au beurre de cacahuète.

~

Agent Dune

Il passe en voiture devant une maisonnette blanche bâtie sur un terrain rattaché à une maison plus grande, à Teme-cula. Nash, celui qui a déclenché toute cette enquête, y dort depuis quelque temps. Il n'y a aucun endroit pour s'arrêter et se mettre en planque parce que la zone n'est pas assez peuplée, aussi il continue sa route et ne fait demi-tour qu'après deux kilomètres.

Il surveille les combattants de San Diego dès qu'il arrive à s'échapper une minute. Il ne sait pas ce qu'il s'attend à voir… que l'un d'entre eux soit tout à coup couvert de fourrure et tombe à quatre pattes ? Ou parte faire un footing avec un loup apprivoisé ?

Tout ce qu'il sait, c'est qu'il a un sentiment désagréable depuis que Gray a parlé de *loups,* et il ne fait que s'amplifier.

Les labos de DataX étaient situés en pleine campagne. Il croyait que c'était pour éviter les curieux, mais… et s'ils avaient besoin d'être entourés de nature pour les animaux ?

Pense-t-il sérieusement que les loups-garous existent ?

Il se souvient de la lueur jaune dans les yeux de Nash. Charlie l'a retrouvé nu, couvert de sang après le massacre en Afghanistan. Tous leurs hommes avaient été abattus à part Nash. Tous les insurgés étaient morts ; éviscérés, leurs membres éparpillés comme s'ils avaient été attaqués par un animal sauvage.

Nash est-il un loup-garou ?

Et le père de Charlie ?

Comment Jared Johnson le savait-il ? Pour autant que

Charlie sache, ses propres yeux ne changent jamais de couleur. Il ne lui pousse jamais une queue et il ne hurle pas à la lune.

Pendant son enfance, son père ne rentrait que quelques jours par mois, toujours la nuit, comme si venir les voir était un gros secret. Bon Dieu, était-ce en lien avec les phases de la lune ?

Il secoue sèchement la tête. Rien de tout ça n'a de sens.

CHAPITRE ONZE

Denali

Le cri de Nash me réveille en sursaut. Il s'agite à côté de moi comme s'il se faisait électrocuter. Au cours des semaines depuis qu'il a emménagé avec nous, j'ai remarqué que des flashbacks et des cauchemars hantent ses nuits, mais cette fois, c'est sévère. La dernière fois que je l'ai vu trembler et convulser de la sorte, c'était dans la cellule, quand les gardes nous ont séparés.

« Nash », dis-je à voix basse. Puis, plus fort : « Nash. Tout va bien. Tu es en sécurité. »

Une odeur me frappe de plein fouet : le produit nettoyant utilisé pour récurer les murs en béton et effacer le sang. Le sang de métamorphes.

« Non... »

Mes bras se couvrent de chair de poule. Ce n'est pas un simple cauchemar. Nash est vraiment de retour là-bas, prisonnier du souvenir.

Est-ce que je sens vraiment cette odeur ? Comment ? C'est comme si les flashbacks de Nash s'infiltraient également en moi. Ça doit être une capacité issue du lien entre compagne et compagnon.

Je secoue le biceps musclé de Nash, mais m'adresse au flashback : « Non. Tu ne peux pas l'avoir. Il est à moi. »

Avec un grognement étranglé, Nash ouvre les yeux. « Denali ? »

Je le serre dans mes bras. « Tout va bien. Je suis là. Reviens-moi, bébé. »

Il répète mon prénom d'une voix éraillée en passant ses mains sur ma peau.

« Tout va bien. » Je le berce contre moi. Alors que son corps puissant tremble, ma rage bouillonne. J'aimerais que des employés de DataX aient survécu à l'explosion pour leur régler leur compte moi-même.

Un bruit monte dans sa gorge, ni un gémissement ni un sanglot ; un terrible son déchirant. Je l'étreins plus fort. « Je suis là, bébé. Ta compagne. Je ne te laisserai pas.

— Laissez-la tranquille », gronde-t-il. Ses yeux s'agitent follement sous ses paupières mi-closes. Il saisit brutalement mes épaules et me repousse. « Non, marmonne-t-il. Non. Ne la touchez pas.

— Que…

— Non ! » Il est toujours dans le flashback. Il fait de grands gestes des bras et le dos de sa main percute mon visage. Projetée hors du lit, je tombe par terre.

Un grondement d'avertissement vibre dans ma gorge. Ma lionne griffe pour sortir et se battre, même si Nash n'est pas l'ennemi.

« Denali ! » Nash saute hors du lit et me regarde sans ciller. Son regard est concentré, totalement alerte. Je vois la compréhension, puis l'horreur passer sur son visage. La lumière de la veilleuse qui éclaire son dos lui donne l'air encore plus grand et dangereux que d'ordinaire. Ses poings serrés sont prêts à rouer l'ennemi de coups.

Mais l'ennemi n'est pas ici.

« Nash ? » Je me lève en frottant ma pommette qui palpite et m'approche avec prudence, en humant l'air. L'odeur d'antiseptique de la prison de DataX a disparu, balayée par la brise nocturne. « Tu es avec moi ?

— Merde. » Il tombe à genoux. « *Denali.* Je t'en supplie, dis-moi que je t'ai pas frappée. »

Je pince les lèvres en réfléchissant à ma réponse.

Il se prend la tête dans les mains. « Oh bon Dieu. Putain, je suis désolé. C'est impardonnable. Impardonnable.

— Tu as eu un flashback. Qu'est-ce que c'était ? À propos de moi ? »

Il relève la tête et coule un regard hanté dans ma direction. « Ils allaient te violer. Je devais les arrêter. Mais au lieu de ça, c'est à *toi* que j'ai fait mal. » Sa voix se brise.

Je sens les crépitements électriques de son lion, comme la première fois qu'il est venu ici. Le bourdonnement d'une bombe à retardement. Un animal sur le point de péter les plombs.

« Je vais bien, Nash. Je suis une métamorphe. Ce sera bientôt guéri. » Plus que tout, j'aimerais l'étreindre ou qu'il me prenne dans ses bras, mais il n'a pas l'air de vouloir me toucher.

Il se lève et trébuche en arrière, se tourne vers la porte de la chambre en secouant la tête. Il grogne quelque chose.

Un frisson glacé me traverse.

« Comment ? » Je m'approche de lui jusqu'à ce qu'il répète : « Je peux pas faire ça. »

Je me fige, la terreur se referme autour de ma gorge. « Pas faire quoi ?

— Être là. Être auprès de Nolan et toi. Je suis trop dangereux.

— Tu ne peux pas partir. Ton lion…

— Je survivrai. Ou pas. De toute manière, c'est plus ton problème. »

La parure de lit est tombée par terre. Je ramasse le drap et le serre entre mes doigts. « Si, c'est mon problème. » Ma voix gagne en volume. « C'est devenu mon problème quand tu m'as marquée. Quand tu m'as fait un lionceau.

— Tu crois que je le sais pas ? » Avant que j'aie le temps de réagir, il approche son visage du mien et ses dents blanches claquent près de moi. « Tu crois pas que je porte cette culpabilité tous les jours ? Ça me tue, Denali. » Il saisit mes bras et me secoue. « Mais je peux vivre avec. Ce que je pourrais pas supporter, c'est que mon lion te fasse du mal. » Sa poigne se desserre. « Et s'il blessait Nolan ? Je dois prendre mes distances avec vous, même si ça me tue.

— Tu ne nous ferais pas de mal. » Mon visage et mes bras endoloris démentent cette affirmation.

« *Je viens de le faire.*

— Tu n'as pas fait exprès, tu as eu un flashback.

— Je sais. Mais ça m'arrive tout le temps. Je sais pas de quoi je suis capable. Quand je suis arrivé dans le labo, j'étais un homme et un métamorphe. Je suis devenu… autre chose. Ils ont fait de moi autre chose.

— Tu peux te faire aider, dis-je lentement. Tu peux essayer…

— J'essaie, bordel de merde. » Il montre le lit défait. « Ça, c'était moi qui essayais. Ça marchera pas. »

Je ravale le chagrin étouffant qui m'envahit. La chaleur s'accumule sur mon visage, mes yeux brûlent. Va-t-il vraiment nous abandonner ? « Qu'est-ce que je dis à Nolan quand il se réveillera et que tu ne seras pas là ? » Si ma voix tremble, c'est pour mon fils, pas pour moi.

« Je sais pas. » Nash baisse la tête. Il ne se retourne pas. « Dis-lui… que son père est mort. »

Je suis prise d'une violente nausée. « Va-t'en. On se débrouillait bien avant. C'est toi qui as décidé de te pointer ici. Je savais que je n'aurais pas dû te faire entrer dans nos vies. »

Nash secoue la tête. « T'as raison. T'aurais pas dû. » Sur ces mots, il prend la porte.

Là où il se tenait un instant auparavant, mon cœur brisé tombe sur le sol.

CHAPITRE DOUZE

Nash

Une lumière froide. Une lumière grise. Je suis allongé par terre. L'agonie fait fourmiller mon corps. La dernière fois qu'il m'ont emmené ici, j'ai perdu connaissance après le premier test de douleur. Je ne sais pas combien de temps ils ont travaillé sur moi, mais je n'ai opposé aucune résistance. Ils m'ont de nouveau jeté dans ce trou et je n'ai pas bougé, même quand ils ont déposé de la nourriture près de la porte. Ça pourrait avoir eu lieu il y a un jour comme il y a une semaine. La nourriture sent mauvais, elle a dû commencer à moisir.

Denali n'est plus là. Je n'ai pas pu la protéger. En ce qui me concerne, je mérite de crever ici.

La porte s'ouvre. Une brise d'air flotte jusqu'à moi, alourdie de l'odeur des produits désinfectants.

« C'est lui votre trophée, votre roi des animaux ? On dirait qu'il ne sera bientôt plus de ce monde. » Une voix avec un accent prononcé, un parfum de loup que je ne reconnais pas.

« Les expériences ont laissé des séquelles. » Cette voix, je la connais. Smyth. Le médecin responsable du programme. « Mais il reste un sujet puissant. Un ancien agent des forces spéciales. Son lion est

sorti au cours d'une bataille contre des humains. Il a été séparé de sa compagnie, plaqué au sol, et son lion a pris le dessus. Il a reçu vingt balles dans le corps, mais il a éliminé tous les ennemis jusqu'au dernier. Un tueur-né.

— Mais maintenant, il est plutôt misérable, dit l'autre d'un ton dédaigneux.

— Il s'est attaché à l'une des reproductrices. Une lionne. Je pense qu'il l'a marquée.

— Vraiment ? Où est-elle ?

— Elle s'est évadée, monsieur. À cause de gardes fainéants. Ils avaient enlevé ses menottes ; elle en a tué un et mutilé l'autre. Nous avons essayé de la retrouver, mais elle est dotée d'une intelligence supérieure, et très déterminée. Elle est passée par les égouts… nous avons perdu sa trace.

— Je me demande… si vous la retrouvez et la lui rendez, ça le remettra en forme ? » La porte se ferme, les voix sont étouffées.

Non.

Je roule sur moi-même avec un grognement et me traîne jusqu'au plateau de nourriture. Je plonge mes doigts dans la bouillie et mange. Le gruau n'a aucun goût et la viande est presque gâtée, mais je me force à tout avaler. Le temps que je termine, mon corps est en feu. La nourriture fait son travail, elle apporte à mon organisme ce dont il a besoin pour se régénérer. Je guérirai et je coopérerai, je ferai semblant que je vais bien. S'ils me posent des questions sur la marque d'union, je leur dirai que c'était dû à une pulsion violente. Que ça ne signifiait rien. Je mentirai et je ferai tout ce qu'ils veulent. Me soumettre. Obéir. Même si mon lion devient fou.

Je dois vivre… pas pour moi. Pour protéger Denali.

~

Denali

Trois jours que je passe comme un zombie. Je ne sais même pas comment je continue à fonctionner avec mes clients, avec Nolan. J'ai fondu en larmes quand il m'a demandé où était Nash. Mon petit garçon a enlacé mon cou et m'a étreinte, a fait de son mieux pour me consoler.

« Ne pleure pas, maman. Il va revenir. »

J'ai secoué la tête. « Non, il ne reviendra pas, Nolan. Je suis désolé, mon bébé, mais il ne va pas assez bien pour rester avec nous. Son lion est malade. »

Avec sa perspicacité d'enfant, il m'a reprise : « Non, maman. Son lion est malade que quand il est pas avec nous. »

Je me suis mise à sangloter encore plus fort, mais je suis partie sous la douche pour me calmer.

À présent, on est tous les deux dans le jardin à l'arrière de la maison. Il joue avec un camion-poubelle miniature pendant que je regarde fixement la même tache sur la terrasse. Je me force à me lever et à prendre le tuyau pour arroser les plantes.

Par le ciel, cette douleur dans ma poitrine. Ce poids écrasant.

J'aurais préféré que Nash ne vienne jamais. Ne pas tomber amoureuse de lui. Ne pas commencer à croire que je pouvais avoir la vie parfaite dont je rêvais.

Je sais qu'il va mal. Je comprends qu'il a peur de me blesser, à l'instar de son père quand il a attaqué sa mère. Malgré tout, je ne le pardonnerai jamais d'être entré dans ma vie puis d'être parti. Jamais.

Agent Dune

Nash a quitté la maisonnette à Temecula, mais l'intuition de Charlie l'a poussé à continuer sa surveillance. Un enfant y vit, et il ressemble à Nash. Il n'a pas réussi à apprendre grand-chose sur la mère, Denali, à part qu'elle a disparu de la Nouvelle-Orléans quatre ans plus tôt et n'a refait surface en Californie avec Nolan, le petit, que récemment.

Charlie laisse sa voiture à quelques kilomètres et monte dans la colline pour s'approcher de la maison par l'arrière. Depuis sa cachette, il peut voir le garçon jouer dans la cour arrière, entourée d'une clôture. Denali arrose les plantes près de lui. Une camionnette blanche anonyme s'arrête devant la maison. Il trouve qu'elle a quelque chose d'étrange.

Denali dit quelque chose à l'enfant et rentre dans la maison. Le garçon lève brusquement la tête et tombe par terre, aussi mou qu'une poupée de chiffon. Un homme saute la clôture et atterrit devant lui. Il soulève le petit et le lance par-dessus la barrière. Un autre type le rattrape et le porte en courant vers leur véhicule. La manœuvre totale ne prend que trente secondes.

Charlie dévale la colline en sprintant. Son instinct de protéger l'innocent est plus fort que son besoin de rassembler des infos, mais c'est trop tard. Les deux hommes sont montés dans la camionnette, et celle-ci s'éloigne.

Il s'allonge par terre et sort son appareil photo, prend des clichés du véhicule et de sa plaque minéralogique avant qu'il tourne à l'angle de la rue et disparaisse.

Merde.

Sa voiture est beaucoup trop loin pour les poursuivre. Il se retourne et gravit de nouveau la colline.

Au cours de sa carrière d'agent spécial, il a vu et entendu beaucoup de choses horribles. Il a tué pour son pays. Perpétré et couvert des crimes pour sa patrie. Mais rien ne l'a rendu aussi malade que les cris de désespoir de

Denali qui résonnent dans la montagne quand elle se rend compte que son fils a disparu.

~

Nash

« Alpha ? Alpha ?

— Pas ton alpha », dis-je en marmonnant avant de chercher mon verre à tâtons. Mes doigts rencontrent une bouteille à la place. Je la soulève et avale l'alcool abrasif comme si c'était de l'eau.

« Ben merde », souffle Declan. Laurie, Parker et lui sont penchés autour de moi. « Tu sens la térébenthine. C'est quoi ce truc ? »

Je cligne des yeux et me redresse du comptoir pour promener mon regard vaseux sur la salle vide du bar au-dessus de la Fosse. J'ai dû m'y rendre directement après que Denali m'a foutu dehors. J'ai passé la nuit et la plus grande partie de la matinée à boire pour oublier. Mais même maintenant, mon lion est à cran, son énergie brûle et élimine l'alcool de mon organisme, il exige que je fasse demi-tour et que je revendique ce qui m'appartient de droit.

Mais je ne mérite pas Denali. Je ne mérite pas d'avoir une famille, et encore moins une compagne.

« Doucement », murmure Laurie. Il se place derrière moi.

« C'est bon. J'vais bien.

— Tes yeux sont rouges. Genre, ils brillent. J'ai encore jamais vu ça.

— Le lion, dis-je entre mes lèvres sèches. Veut sortir.

— Apportez-lui de l'eau. Et du steak. Cru, dit Parker. Putain, Nash. Qu'est-ce que t'as fichu ? Où est Denali ?

— L'ai quittée. Peux pas être avec elle. Peux pas être son compagnon.

— Et Nolan ? »

Je secoue la tête. « Je suis trop taré pour élever un gosse.

— Tu n'en sais rien », me contredit Parker d'une voix douce. Il s'appuie sur le comptoir à côté de moi. « Alors, tu vas juste garder tes distances ? »

Je hausse les épaules. Mon lion ne me laissera pas faire. Il se battra pour y retourner, il me rendra fou. Je devrais m'enchaîner dès maintenant.

« J'aurais dû rester dans la cellule. » Je frissonne, soudain transi de froid. « J'aurais dû rester crever là-bas.

— Accroche-toi, *boss*, murmure Parker. On va trouver une solution. » Il passe derrière le bar et me donne une bouteille d'eau de deux litres. Je la descends entièrement, mais quand Declan et Laurie reviennent et posent une assiette de steaks devant moi, je secoue la tête.

« Faut que tu restes fort. Au moins assez longtemps pour qu'on sache comment réagir quand ton lion se libérera.

— Appelle Sam. Sa compagne saura quoi faire. » Elle travaillait pour DataX, elle peut concocter un cocktail létal. Ou alors, Sam peut me réduire en miettes avec des explosifs.

« D'accord. On va établir un plan. » Parker pousse l'assiette vers moi. L'odeur de la viande me convainc plus vite que n'importe qui pourrait le faire. Je me sens un peu mieux après avoir dévoré l'assiette. Layne pourra peut-être m'administrer une substance qui me fera oublier. Certains loups font appel à des vampires pour effacer la mémoire des individus qui menacent leur meute. Il paraît que ça ne fonctionne pas sur les métamorphes, mais ce sera peut-être suffisant pour oublier à quel point je suis passé prêt de connaître le paradis.

Cette pensée me fait tendre de nouveau le bras vers la bouteille.

Denali. J'entends un craquement et j'ouvre la main pour laisser tomber les morceaux de verre. Je retire quelques tessons de ma paume d'un air absent avant que ma peau ne cicatrise en les absorbant.

Parker inspire profondément. « *Boss…* »

Il s'interrompt quand mon téléphone sonne. Je regarde fixement le nom sur l'écran. Je ne devrais pas répondre. La quitter m'a détruit. Si je lui parle, je suis sûr de ne plus jamais respirer.

Mais je suis aussi vraiment ému qu'elle compose mon numéro après ce que je leur ai fait, à Nolan et elle. Mon pouce glisse sur l'écran.

« Nash ? » La terreur dans la voix de Denali me fait lever d'un bond.

« Denali. »

Ses sanglots emplissent le combiné. Ils me brisent le cœur.

« Que… »

— Ils l'ont enlevé. Nolan. Ils sont venus et ils l'ont enlevé. »

Malgré mes efforts pour résister, le rouge envahit ma vision. *Pas maintenant !*

« Qui ? » Parker et les autres se rassemblent autour de moi.

« Des hommes en noir. Une camionnette blanche. J'étais dans le jardin et je n'ai pas… » Elle pleure trop fort pour continuer.

« Tiens bon, Denali, on arrive », dit Parker. Sa voix me parvient étouffée, comme s'il parlait derrière une vitre. Ma vue rétrécit et je me tiens parfaitement immobile pour tenter de garder mon sang-froid.

« Donne-moi le téléphone », demande Laurie. Il décroche mes doigts engourdis de l'appareil. « Denali ? Tu m'entends ? Tu penses être en sécurité ? Tu as un autre endroit où aller ? » Son murmure me suit pendant que je me dirige à grands pas vers la Camaro. Parker et Declan la rejoignent avant moi. La voiture démarre en trombe avant qu'on ait claqué les portières, avant même que j'aie le temps de reprendre mon souffle.

« Qui aurait pu faire ça ? D'après toi, qui c'est ? demande Parker.

— Appelle Sam. » Declan serre le volant si fort que les articulations de ses doigts blanchissent. Il accélère dans un virage. « Il pourra le savoir.

— Denali n'a rien, dit Laurie. Je lui ai donné un point de rendez-vous. » Il se penche pour indiquer un itinéraire à Declan.

« Ne t'inquiète pas, Nash, dit Parker. J'appelle du renfort. »

Je l'entends à peine par-dessus le rugissement dans mes oreilles. La fureur m'emplit avec plus de puissance que toutes les émotions que j'ai jamais ressenties, de la lave s'écoule dans mes veines avec autant de violence qu'une tornade. Une seconde plus tard, Laurie presse mon téléphone dans ma main. « Alpha, ils veulent te parler.

— Nash ? » J'entends la voix de Sam dans le combiné. « Je suis avec Layne, Jackson et Kylie. Qu'est-ce qui se passe ? C'est Denali ? »

La lave se transforme en glace. Je gronde.

« Mon fils. Ils ont enlevé mon fils ! »

CHAPITRE TREIZE

Nash

« Je suis rentrée une seconde pour prendre mon téléphone… il sonnait. Ils l'ont enlevé pendant que j'étais dans la maison. Le temps que je sorte, c'était trop tard. »

Mis à part sa voix rauque et ses yeux gonflés à force de pleurer, Denali semble calme pendant qu'elle nous explique les faits pour la millième fois. On est entassés dans l'une des planques de Sam. Dès qu'il a appris la nouvelle, il est venu nous rejoindre avec sa compagne Layne. D'autres membres de sa meute ainsi que des amis sont en stand-by en attendant les ordres. Parker et Declan ne lâchent pas leurs téléphones, ils sortent régulièrement pour passer des coups de fil.

« Une idée de qui sont ces types ? demande Sam.

— Je sais qui ils sont. » Mon lion essaie de me prévenir depuis des jours. C'est pour *ça* que les flashbacks se sont intensifiés. « Il y avait un autre homme avec Smyth. Un associé avec un accent espagnol. » Si je ferme les yeux, je peux encore entendre les tonalités chantantes et cultivées de sa voix. Je peux voir ses souliers noirs vernis et l'extrémité d'une canne.

« Santiago, dit sombrement Sam. On a buté tout le monde la dernière fois à part ce chien.

— C'est qui, Santiago ? demande Denali.

— L'investisseur principal, annonce Sam. Smyth avait la vision, mais c'est Santiago qui finançait le projet. »

J'ajoute : « Et nous, on avait les gènes. Un soldat décoré et une lionne puissante. » Je me passe une main sur le visage et regarde Denali en coin. Elle essaie de rester forte.

« Santiago ne lui fera pas de mal, dit Sam. Créer une lignée métamorphe pure l'obsède. Je pense qu'il considère que Nolan en est le début.

— C'est un genre de bonne nouvelle, murmure Declan.

— On va le retrouver. » Sam se lève en entendant des voix s'approcher de la porte. Layne entre la première, une petite asiatique entourée de légers effluves de produits chimiques. Elle travaillait dans un labo de DataX jusqu'à ce que Sam le fasse exploser. Un loup massif la suit. Jackson, un homme d'affaires richissime à la tête d'une entreprise de sécurité de l'information. Je me lève quand il s'approche de moi. Il est immense et dominant, son loup brille dans ses yeux. Mon lion est très conscient de sa présence et de celle de Layne, qui est plus dominante qu'elle n'en a l'air.

Jackson me salue en me serrant la main. « Nash, j'ai beaucoup entendu parler de toi. Ma compagne et moi-même mettons toutes nos ressources à votre disposition. » Il inclut Denali d'un signe de tête.

« Merci », dis-je.

Putain, je me sens vraiment reconnaissant. Je n'ai

jamais rien fait pour aucun de ces types, et pourtant ils sont tous là pour nous aider.

« Kylie parcourt le *dark web* pour essayer de trouver la trace des hommes de Santiago, murmure Layne depuis le coin de la pièce.

— On a un hélico et un jet privé qui se tiennent prêts à partir dès qu'on en saura plus.

— Merci. » Denali pousse un soupir tremblant. J'acquiesce, incapable de parler. Mon animal n'est pas enchanté de se trouver dans un espace restreint avec autant d'alphas autour de ma vulnérable compagne.

Même si elle n'est plus ma compagne. J'ai tout foutu en l'air quand je l'ai abandonnée, quand j'ai laissé notre lionceau sans défense se faire enlever par ces monstres.

« Je vais aller aider Kylie », dit Jackson. Layne le suit hors de la pièce.

« Ce sont tes amis ? » demande Denali à voix basse.

Je hausse les épaules. « Des amis d'amis. » Je serre les poings pour me retenir de la toucher. J'en ai besoin, mais elle a repoussé ma main quand j'ai essayé un peu plus tôt. Je ne veux pas trop insister.

Une femme ouvre la porte. Petite, blonde, humaine. Un loup entre derrière elle. Un autre mâle dominant, un géant avec des tatouages sur les mains et qui remontent dans son cou. Il reste proche de l'humaine, qui partage son odeur. Elle porte aussi sa marque.

« Denali ? » Elle va directement à la rencontre de ma compagne, s'agenouille et lui prend la main. « Je suis Amber. » Elle lève la tête dans cette position vulnérable, ses yeux emplis de compassion. Une partie de la tension s'échappe de la pièce. « Je suis ici pour vous aider à trouver Nolan. »

Denali déglutit. « Comment ? »

Amber rencontre le regard du loup derrière elle avant

de répondre. « Je suis extralucide. Je… vois parfois des choses. Des flashs de ce que vivent d'autres personnes.

— Amber a un don », dit le métamorphe musclé d'une voix douce. Il caresse ses cheveux de sa main tatouée, et Amber semble y puiser de la force.

Elle prend une inspiration. « Tu as quelque chose qui appartient à Nolan ? Un vêtement, quelque chose comme ça ?

— Moi oui », finit par dire Laurie. Le grand métamorphe sort une petite voiture de sa poche. « La roue était tombée, il me l'a confiée pour la réparer.

— Il doit t'apprécier. C'est celle qu'il préfère », murmure Denali. Des larmes brillent dans ses yeux et elle tremble un peu. Je passe mon bras autour de sa taille.

« Ça fera l'affaire, dit Amber en plaçant le jouet dans sa paume. Tu peux me parler un peu de Nolan ? »

Le tremblement de Denali s'intensifie. Elle essaie de ne pas craquer, et échoue.

« On va vous laisser toutes les deux », dit doucement Parker. Il prend la porte, suivi de Declan et Laurie. Ne sachant pas quoi faire, je me lève. Amber prend immédiatement ma place et se penche vers ma compagne pour lui parler à voix basse.

« Nash. » Le grand loup me tend la main. « Je voulais me présenter. Je m'appelle Garrett, je suis l'alpha de la meute de Tucson. Mes meilleurs éléments sont ici avec moi. Dès qu'on saura où aller, on est tous prêts à décoller et à dégommer Santiago. »

Je ne peux qu'acquiescer avec gratitude.

Garrett fait craquer ses doigts. « Il était temps qu'on s'occupe de lui. Il a fait kidnapper ma sœur l'année dernière. Elle est devenue la compagne d'un chef de meute au Mexique, là où Santiago avait son quartier général pendant toutes ces années. Il s'est enfui quand la vérité a éclaté et ils ne l'ont pas revu depuis. »

Sam entre dans la pièce sans un bruit et regarde les deux femmes. « Quelque chose ?

— Pas encore », répond Garrett. Au même instant, Amber retient son souffle. Sa tête part en arrière, elle ferme les yeux.

Sam sort son enregistreur et croise le regard de Garrett. Il attend que le grand loup hoche la tête avant de s'accroupir près d'Amber et de lancer l'enregistrement.

« Beaucoup d'émotions, marmonne-t-elle. Beaucoup de gens qui tiennent à Nolan. » Sans ouvrir les yeux, elle tend la main. Denali la prend.

« Je le sens. Il est effrayé, mais il va bien. Des hommes en noir, armés. » Un léger sourire flotte sur ses lèvres. « Je crois qu'il est sous sa forme de lionceau, pour les mordre s'ils s'approchent trop près. Je vois les barreaux d'une cage… ils le gardent enfermé. Mais il n'a pas été maltraité. »

Denali s'affaisse, m'évoquant une marionnette à qui on aurait coupé les fils. Sa tête tombe sur la main d'Amber, posée sur la sienne. Je m'approche pour serrer l'épaule de Denali et prends sa main libre.

Ce contact déclenche une décharge électrique dans mon corps. Énergisante, harmonisante. J'y vois plus clair, ma concentration s'aiguise.

« Ils parlent espagnol. Ils disent… » Amber se tait. Je me retiens de lui ordonner de nous répéter ce qu'ils ont dit. Putain, j'espère qu'elle parle espagnol. Alors que les secondes passent, la ride sur son front se creuse. Elle tressaille et gémit : « Non… » Elle lève les bras pour se protéger la tête. Quelques secondes passent.

« Amber ? » La voix de Garrett est grave. Ses tempes sont trempées de sueur.

L'humaine pousse un soupir et laisse retomber ses bras. « Ils lui ont administré un tranquillisant. Ils le déplacent quelque part. j'ai entendu un des gardes dire *Honduras*. » Amber s'effondre. Garrett la soulève et elle se blottit dans ses bras, se colle contre son torse musclé.

« Tout va bien, bébé, murmure-t-il. Bon travail. » Il regarde Sam. « Tu as tout enregistré ?

— Ouais, répond-il en se levant. Jackson et Kylie passent le *dark web* au peigne fin pour récolter des infos. Je vais les prévenir.

— Merci », dis-je à Amber et Garrett. Le loup hoche la tête et porte sa compagne à demi inconsciente hors de la pièce.

« Oh mon Dieu », souffle Denali. Les larmes qu'elle retenait courageusement ruissellent sur ses joues. Je la serre dans mes bras.

Parker et Declan sont de retour avec des sacs de nourriture. « Faut recharger les batteries. » Ils font circuler des paquets de viande.

J'accepte ma part, déchire l'emballage et mords dans un steak cru.

« La meute de Garrett a dévalisé les rayons de quatre épiceries, m'apprend Parker. Jackson essaie encore d'obtenir des coordonnées géographiques avec Kylie, mais les informations d'Amber ont été d'une grande aide. Le jet est presque prêt. On va se rendre chez le beau-frère de Garrett au Mexique. Ce sera notre QG. »

J'avale une bouchée de bœuf. « D'accord. On se tire dès qu'on a fini.

— Je vais passer le mot.

— Parker. » Je le retiens par le bras avant qu'il s'éloigne. « Merci. » Je me tourne vers Declan et Laurie, qui attendent à la porte. « Vous aussi. Je peux pas… » Ma gorge se contracte. « Je pourrai jamais assez vous remercier.

— Pas de souci, alpha, dit Declan.

— Alpha », répètent les deux autres. Pour une fois, je ne les reprends pas.

~

Denali

Je ne parviens pas à respirer. Ni à réfléchir. Mes souvenirs du voyage jusqu'à Mexico sont confus. On arrive après la tombée de la nuit, puis on roule pendant deux heures pour arriver au village où habite la petite sœur de Garrett, Sedona.

Elle nous accueille en haut des marches d'une grandiose hacienda et nous guide à travers une succession de pièces. C'est une louve, comme la plupart d'entre eux, mais son odeur est mêlée à des effluves de lait maternel. Elle allaite un louveteau.

« Carlos discute avec sa meute. Tous les loups veulent se battre.

— Les miens sont en route, lui dit Garrett après l'avoir prise dans ses bras. Kylie fait de son mieux pour trouver la trace de Santiago au Honduras. Entre les informations qu'elle pourra obtenir et les visions d'Amber, on devrait bientôt avoir une adresse. »

Sedona nous montre nos chambres. Amber et Garrett en choisissent une et s'y installent sans attendre — l'humaine a l'air de dormir debout. Laurie, Parker et Declan ont disparu. Après m'avoir embrassé le front, Nash sort dans le jardin, sans doute pour parler avec Jackson et Carlos.

« Je peux t'apporter quelque chose ? » demande Sedona. Je finis par comprendre que c'est à moi qu'elle s'adresse. Nous sommes dans une chambre élégante, mais je n'ai pas assez d'énergie pour l'apprécier. J'ai l'impression que mes oreilles sont pleines de coton et tout mon corps est engourdi.

« Non, merci. Je vais essayer de dormir. Je n'ai pas réussi dans l'avion. »

Elle grimace avec gentillesse, touche mon épaule et me laisse seule.

Je m'allonge, mais je tourne et me retourne dans le lit, incapable de fermer l'œil. J'abandonne et me lève quelques minutes plus tard. Ma lionne veut rôder. Je traverse le couloir et m'arrête devant une porte entrouverte. Sur le mur au fond de la pièce, un écran est allumé et diffuse une vidéo. Une cellule. La personne qui regarde fait avancer l'enregistrement jusqu'à ce qu'un prisonnier devienne visible. J'étouffe un cri. C'est Nash, mais je ne l'ai jamais vu comme ça. Il est torse nu et sans chaussures, avec un treillis en lambeaux. Son corps est ravagé, émacié. L'ombre du soldat qu'il a été, du combattant qu'il est aujourd'hui. Il paraîtrait à moitié mort sans ses yeux, dans lesquels brille une lueur ambrée.

Je pousse la porte, le cœur battant.

« Denali ? » Sam se lève de son siège. « Je ne savais pas que tu étais là. »

— C'est… ?

— Des vidéos de surveillance de DataX. Je les revisionne pour essayer de trouver des indices. » Le jeune loup semble épuisé. Non… hanté. J'essaie de me souvenir ce que Nash m'a raconté à son sujet, mais tous ses amis se mélangent dans ma tête. Sam était-il un prisonnier de DataX, lui aussi ?

« Qu'est-ce qu'ils lui ont fait ? »

Il hausse les épaules. « Ils l'ont testé. Torturé. » Il frotte son bras d'un air absent et plisse les yeux comme s'il souffrait. « Smyth essayait de repousser les limites des métamorphes au cours de ses expériences.

— Tu étais là-bas, toi aussi. » Je n'en suis pas certaine, mais ça pourrait expliquer le lien entre Sam et la meute de Tucson. Ça colle.

Malgré ses traits juvéniles, son regard est ancien. « Ouais. »

On se regarde en silence. Il n'y a rien de plus à dire, parce qu'on a vécu la même chose. Tout comme Declan, Laurie et Parker. C'est pour ça qu'ils restent près de Nash. Nous avons tous été irrémédiablement amochés par DataX.

Je repose les yeux sur l'image en pause. J'aurais dû retourner le chercher. Je ne me le pardonnerai jamais. « Je… » Je toussote. « Je ne savais pas que c'était allé jusque-là.

— Il est coriace. Il a survécu.

— Pas entièrement. » Voilà ce contre quoi il lutte. Ma vue se trouble.

« Tu perds des parties de toi-même quand on te torture. Quand quelqu'un essaie de détruire ton identité. » Sam éteint l'écran, mais c'est trop tard. L'image de Nash est imprimée au fer rouge dans mon esprit pour toujours.

Ma poitrine se soulève rapidement, mon cœur m'évoque un oiseau qui bat follement des ailes, comme pour essayer d'échapper à un collet. Je suis en proie à une terrible souffrance. Notre lionceau a disparu. Mon compagnon est traumatisé, possiblement de façon irrémédiable.

« Je n'y suis pas retournée. J'étais enceinte et terrifiée. Je n'avais personne. Je n'avais pas le choix si je voulais survivre. » Mais les excuses qui sortent de ma bouche sonnent faux. Sam me touche le bras.

« *Non.* Y retourner aurait été du suicide. J'ai attendu et

préparé mon plan pendant des années avant de me venger, pourtant je n'avais rien à perdre. Jusqu'à ce que je rencontre Layne.

— C'est toi qui as fait sauter les labos ? »

Il hoche la tête.

« Avec Nash ? »

Il hésite. « J'ai libéré Nash. Et il m'a aidé à trouver Smyth par la suite. »

Il a libéré Nash. Ce que j'aurais dû faire. « Comment je peux l'aider ?

— Tu n'as rien de particulier à faire. Juste être là. Être toi-même. Être sa compagne. »

Je lève la main pour toucher la marque cachée sous mon haut. « Je ne sais pas si je peux.

— Mais si, dit-il. Je suis sûr que tu peux. Si je peux guérir, toi aussi. » Sans trop savoir pourquoi, je le crois. Il est jeune, mais il vient de rencontrer sa compagne. « Il est démoli, Denali. Son esprit est brisé, mais il a juste besoin de ses pièces manquantes. Tu sais ce qu'elles sont ? »

J'acquiesce. « Son fils et sa compagne. » *Nolan… et moi.*

Agent Dune

Merde, ça ne lui ressemble pas de s'investir personnelle-ment dans une affaire. Certes, son enquête sur les secrets entourant les labos était personnelle, mais son intérêt s'ap-parentait plutôt à de la curiosité dévorante. À un besoin de comprendre son passé.

Mais il n'avait jamais pris une situation à cœur. Désiré un certain résultat.

Pourtant, à un moment donné, sans s'en apercevoir, il s'est identifié à ces marginaux. Ces types ont subi des expériences et été transformés en loups. Ou étaient-ils déjà des loups-garous, étudiés par le gouvernement ?

Quoi qu'il en soit, il a choisi son camp. Le leur.

Et ils ont perdu l'un des leurs. Un gosse sans défense.

Putain. Il est resté sans rien faire, l'a laissé se faire enlever.

Donc, ouais, c'est à présent son devoir de secourir cet enfant.

Il appelle l'agente Gray. « Tu as quelque chose pour moi ?

— Tu mets beaucoup la pression pour quelqu'un qui demande un service.

— Un petit garçon s'est fait kidnapper. » Voilà. Il a opté pour la franchise, pour une fois. « Je dois le retrouver. »

Il entend la petite inspiration de Gray. Les agents ne savent pas grand-chose sur la vie de leurs collègues. C'est délibéré. Mais il a toujours soupçonné que Gray a des enfants, que c'est pour ça qu'elle ne travaille pas sur le terrain.

Ses doigts qui frappent à toute vitesse sur le clavier peuvent être entendus à travers le combiné. « J'ai une adresse pour Santiago. Elle était classifiée secrète, mais j'ai réussi à contourner la censure. Il a une villa au Honduras, près de La Ceiba. Je t'envoie les coordonnées GPS. Il a quitté les États-Unis hier à bord d'un jet privé en direction du Honduras, mais aucun enfant n'était enregistré sur le vol. Bien sûr, un gosse serait facile à dissimuler.

— En effet. Merci.

— Tu as besoin d'aide pour te rendre là-bas ? »

Il sourit. « Non. C'est ce que je fais le mieux.

— Ça, je le sais. Bonne chance, Dune. » Au cours de toutes les années depuis qu'elle est son agente de liaison, elle ne lui a jamais souhaité bonne chance. « Merci, Gray. Je vais peut-être en avoir besoin.

— Dune ?

— Ouais ?

— Quelqu'un d'autre a essayé d'accéder à cette information, quelqu'un qui cherche Santiago. Pas un agent, un hackeur sur le *dark web*. »

Un éclair de compréhension le traverse.

Les loups.

« Laisse-le faire. »

Elle pousse un soupir. « D'accord. »

Merde. Soit l'agente Gray sait que leur gouvernement est du mauvais côté de cette histoire, soit elle a bien plus confiance en ses décisions qu'il ne l'aurait pensé.

Il met fin à l'appel et rassemble ses affaires. Il est temps de se rendre en Amérique centrale.

CHAPITRE QUATORZE

Nash

Je suis dans une pièce pleine à craquer de loups. La moitié est composée d'énormes motards tatoués, l'autre de mineurs baraqués qui murmurent entre eux en espagnol.

Ma troupe hétéroclite est derrière moi.

« Kylie a piraté la base de données du gouvernement. On a l'adresse de la villa de Santiago. Ici, dit Jackson en montrant un point sur une carte satellite. D'après ce qu'on voit, c'est une propriété privée située près d'une piste d'atterrissage à la sortie de La Cciba. » Il lève la tête.

« Nash, qu'est-ce que tu en penses ? C'est à toi de décider. » Je sais ce que ces mots lui coûtent. Son loup est plus dominant que tous ceux que j'ai rencontrés. Presque trop pour être à la tête d'une meute. C'est peut-être pour ça qu'il emploie son énergie à diriger une entreprise multimilliardaire.

Je me redresse lorsque toutes les têtes se tournent vers moi. Mon lion est calme. Il se délecte d'une opportunité de verser du sang ennemi, mais surtout, il veut être aux commandes. Ça paraît logique : c'est moi qui ai une expérience militaire. Je n'ai pas élaboré de stratégie de combat depuis des années, mais les connaissances sont là, facilement accessibles. « On attaque par vagues. La première ligne éliminera discrètement autant de gardes que possible. Quand l'alarme sera déclenchée, on passe à une attaque groupée pour ouvrir une brèche et entrer sur la propriété. Les hélicoptères nous couvriront. »

Autour de moi, des loups opinent du chef.

« Garrett, tu diriges la deuxième vague. Sam, on a un moyen de lui indiquer quand commencer l'attaque ?

— On peut trouver des talkies-walkies », répond-il. Au même moment, Laurie prend la parole. « Je m'en occupe. »

L'enthousiasme me gagne. « Ça peut fonctionner. Carlos, tes hommes connaissent la jungle. J'ai besoin d'une équipe triée sur le volet pour la première vague. »

Carlos hoche la tête. Ses yeux ont pris une teinte jaune brillante. Parmi tous les loups ici, ce sont ses hommes et lui qui désirent le plus se venger de Santiago. L'alpha mexicain sera en première ligne, je n'ai aucun doute là-dessus.

Je continue : « J'entrerai le premier. J'essaierai de trouver Nolan en suivant son odeur si possible, mais ma priorité, c'est Santiago.

— Tu le veux mort ou vivant ? demande l'un des loups de Garrett.

— *Muerto*, marmonne l'un des Mexicains.

— On garde Santiago en vie jusqu'à ce qu'on retrouve mon fils. Ensuite, je me ferai un plaisir de le laisser à tes hommes et toi, Carlos. » Je souris assez pour révéler mes canines tandis que des grommellements approbateurs s'élèvent autour de moi.

« Avant qu'on se sépare en groupes, j'aimerais dire quelque chose. » J'attends que le silence se fasse. « Je suis un soldat. J'ai jamais demandé à être un alpha. Je pensais pas diriger un jour. » Je jette un coup d'œil à Jackson, qui hoche la tête. Il sait ce que c'est d'être dominant et mortellement dangereux.

« Mais il y a des limites à ce qu'un homme peut supporter. Et je suis pas un homme, je suis un lion. Un mangeur d'hommes. » Cet aveu me vaut quelques regards surpris. Je parcours la salle des yeux et remarque Garrett qui me rend mon regard. Je suis sûr qu'il s'est vengé de ceux qui avaient kidnappé sa sœur. Il connaît le prix de la liberté, celui à payer pour protéger ceux que l'on aime. « J'ai passé des années à refuser cette partie de moi-même, et j'ai laissé ces vermines continuer à vivre. On en a éliminé une bonne partie, mais il en reste encore. On a attendu assez longtemps. » Les métamorphes hochent la tête de concert alors que je déclare : « Il est temps de partir en guerre. »

～

Denali

Je m'approche en hâte des Jeeps devant l'hacienda, derrière les loups qui attendent. Ils chargent les véhicules et se préparent à rejoindre la piste de décollage pour s'envoler vers le repaire de Santiago. Nash se dirige vers moi dès qu'il me voit.

Sans me démonter, je soutiens son regard. « Layne vient de m'expliquer le plan. Je viens avec vous. »

Au lieu de répondre, Nash me prend la main et m'entraîne à l'écart. J'attends qu'on se soit éloignés du reste du groupe pour répéter : « Je me fiche de ce que tu penses. Je viens avec vous. »

Il acquiesce de la tête. Je ne suis pas dupe. À la seconde où il pensera que j'ai baissé ma garde, il m'enfermera dans un donjon pour être sûr que je ne serai pas en danger. Il paraît que l'hacienda en possède un.

« Nash. Je suis une lionne. Et une guerrière. En plus, personne ne connaît l'odeur de Nolan mieux que moi. » À l'idée que mon petit garçon est entre les mains de ces fous, j'ai envie de me rouler en boule et de pleurer. « C'est mon fils.

— C'est aussi le mien. Ma priorité, c'est de te savoir en sécurité. »

Je ne lui rappelle pas les derniers mots qu'il m'a dits. C'est un nouveau Nash. Il a changé. Quels qu'aient été ses problèmes avec le fait d'endosser son rôle légitime, il semble les avoir résolus.

« Je serai prudente. Je peux rester en arrière jusqu'au moment de trouver Nolan.

— D'accord. »

Mon pouls s'accélère. « Je peux venir ?

— Denali, si tu veux vraiment quelque chose, je pense pas que je pourrais te dire non. »

Mes jambes faiblissent, mais il est là pour me soutenir. Je ne l'ai pas laissé me toucher tout à l'heure. Je ne pouvais pas le supporter. Cet homme m'a brisé le cœur en un millier de morceaux. Mais j'ai beau vouloir être en colère, j'ai besoin de lui. Il est tout ce dont j'ai besoin à cet instant.

« J'ai tout fait pour le protéger, dis-je d'une voix faible. Je suis restée cachée aussi longtemps que j'ai pu.

— Chut, bébé. C'est pas ta faute. » À sa manière de le dire, je comprends qu'il pense que c'est la sienne.

« Ce n'est pas la tienne non plus.

— Mon lion essayait de m'avertir. C'est pour ça que

j'avais ces flashbacks. J'aurais dû être là. J'aurais dû vous protéger. »

Incapable de parler, je le serre dans mes bras.

Ses lèvres trouvent mon oreille. « Bébé, si tu me donnes une autre chance, je te jure que je vous quitterai plus. » Il fait un pas en arrière et saisit mes épaules. « *Plus jamais.* »

Mes yeux se remplissent de larmes. Vais-je le pardonner ?

Le contraire serait impossible. Si Nolan et moi sommes ses parties manquantes, il est la pièce dont j'ai besoin.

J'acquiesce, et il essuie du pouce les larmes qui roulent sur mes joues. « Oui, tu vas me donner une autre chance ? »

La tête me tourne, mais je parviens à la hocher de haut en bas.

Nash prend mon visage entre ses mains et pose son front contre le mien. « Putain, merci », souffle-t-il. Sa mâchoire se contracte quand il s'écarte. « Je vais trouver notre fils. » Sa phrase est une promesse.

« Je sais », dis-je en un souffle. Je pense que Nash serait prêt à déplacer des montagnes pour y parvenir. Il retrouvera notre Nolan.

Il le faut.

~

Nash

Dès que l'hélico se pose, je saute à terre. Un autre jour, une autre jungle. Des souvenirs de mes années en tant que soldat passent fugacement dans ma tête. Mais pas de flashbacks. Pour la première fois depuis des dizaines d'années, j'ai l'esprit clair.

Mon lion est calme, il attend son moment. Il sait que je

le laisserai bientôt sortir. Il est fait pour ça. Pas un monstre, un guerrier né pour se battre. Né pour protéger les siens. Un alpha.

On se rassemble à deux kilomètres de notre cible. Tout le monde se tait, se prépare avant la bataille. Denali reste en retrait et regarde fixement le taillis. Elle est si belle, son expression composée. Elle porte des vêtements amples de couleur sombre. Elle libérera sa lionne dès qu'on s'approchera. En dépit de tout le reste, j'ai hâte de voir son animal.

Je me penche vers Jackson quand il passe à ma hauteur. « J'ai un service à te demander. » Je lui montre Denali d'un geste du menton. « Garde un œil sur elle ?

— À tout moment. » Il serre brièvement mon épaule. Les métamorphes se touchent plus souvent que les humains, mais j'ai entendu dire que Jackson est un ermite notoire. Il a rencontré Sam après que celui-ci a échappé à DataX, quand il était encore ado. Jackson l'a recueilli. Sam était la seule personne dans son cercle intime avant qu'il rencontre Kylie.

« Prêt, alpha ? » Parker et Declan apparaissent à mes côtés. Ils sont sur le point de se déshabiller et de prendre leur forme animale. Ils ont insisté pour se battre. Je n'ai pas essayé de les dissuader de le faire, mais je les ai placés dans le groupe de Garrett. Même si je sens qu'il veulent rester près de moi.

Je pose les mains sur leurs épaules. « Vous connaissez l'odeur de Nolan. J'ai besoin que vous soyez à l'affût pour le trouver.

— Compris, *boss*.

— Merci. »

Au-dessus de nos têtes, un immense hibou se pose sur une branche. Ma radio grésille.

« J'ai un visuel sur la propriété, dit Sam. Layne la surveille en ce moment même.

— Compris. On y va. »

~

La vaste villa de Santiago est silencieuse et plongée dans l'obscurité, nichée entre la jungle et la mer. On progresse dans la jungle et on attend notre moment, dissimulés par l'ombre du haut mur de l'enceinte extérieure.

« Pas de lune ce soir, murmure Carlos. Et le vent souffle vers la mer. Les gardes métamorphes ne nous sentiront pas arriver. » Au-dessus de nous, les feuilles bruissent et s'agitent sous la brise. « On ferait mieux d'attaquer bientôt.

— À mon signal. » Je fais un pas en avant. J'appelle mon lion et laisse mes mains devenir des pattes. Avec prudence, j'escalade le mur autour de la propriété. Une pelouse impeccablement tondue s'étend devant moi. Grâce aux repérages effectués par Laurie et Layne, je sais que toutes les issues et zones défendables sont gardées par des hommes armés, sans compter ceux qui patrouillent le périmètre.

Quand le grand hibou blanc descend silencieusement dans le ciel, je donne le signal avant de sauter sur le gazon. Les loups suivent et passent le mur sans mal. Quelques cris surpris résonnent le long de la ligne d'arbres alors qu'ils sortent de la pénombre et éliminent la première ligne de gardes. Des corps vêtus de noir s'effondrent simultanément.

On a quelques minutes pour s'infiltrer dans la villa. Mais d'abord, on doit traverser la pelouse sans se faire repérer.

Mon pistolet posé sur l'épaule, j'avance, entouré des métamorphes.

~

Denali

« Ils sont rentrés, annonce Sam.

— Bien reçu », répond Garrett dans le talkie-walkie. Il se lève, imité par ses loups. « On est prêts.

— Bien reçu, attendez mon signal. »

Pendant quelques instants tendus, nous attendons en silence. Les métamorphes sont immobiles, des statues géantes déjà torse nu et prêtes à muter. Le vent agite les arbres, les ombres des feuilles bougent sur leurs muscles tatoués.

Un cri, puis des coups de feu éclatent au loin.

Le talkie-walkie grésille. « On est repérés. Allez-y, vite ! »

Je bondis et laisse ma lionne prendre ma place. J'escalade le mur à l'aide de mes griffes et pars en courant dès que mes pattes touchent l'herbe. Devant moi, les loups foncent, museaux pointés vers l'hacienda, queues dressées. Un éclair blanc sur la gauche. Je baisse la tête pour me protéger jusqu'à ce que je comprenne que c'est Laurie. Sa grande silhouette à plumes descend en piqué. Des étincelles jaillissent de toutes parts tandis qu'il attire les coups de feu vers lui. J'entends un glapissement et un loup s'écroule à quelques pas de moi. Les autres accélèrent, atteignent l'enceinte intérieure de la villa et sautent par-dessus. D'autres coups de feu sont tirés, mais c'est trop tard. La meute de Garrett est parmi les gardes, un essaim d'ombres féroces.

Des tireurs nous visent depuis un parapet, mais des loups apparaissent derrière eux avant qu'ils puissent ouvrir le feu.

Un loup imposant, presque aussi gros qu'un lion, les

percute et les fait basculer sans mal vers ses congénères qui attendent en dessous. Je reconnais Tank, le bras droit de Garrett. Il serait assez dominant pour être à la tête de sa propre meute s'il en avait envie.

Je rase le mur, me glisse dans une alcôve et attends que les loups se débarrassent des ennemis.

Je dois retrouver Nolan.

Je reprends forme humaine. À mes côtés, Jackson fait de même. À sa manière de m'emboîter le pas, je comprends que Nash l'a chargé de me protéger. J'ai mon propre loup garde du corps.

« D'après nos infos, la sécurité est renforcée dans l'aile ouest de la maison. À mon avis, c'est là qu'il se trouve. »

Je hoche la tête.

D'autres rafales de tirs éclatent et le hibou prend de la hauteur. Une seconde plus tard, je baisse la tête pour me protéger d'une explosion. Des débris dégringolent sur le mur.

« On avait dit pas d'explosifs avant de trouver Nolan ! Qui a apporté les grenades ? »

Jackson secoue la tête.

« Attention ! » crie quelqu'un. Le bâtiment est secoué par une nouvelle déflagration. Une voix de jeune femme retentit dans un haut-parleur : « Prenez ça ! Allez vous faire foutre, fils de chiens ! »

Jackson laisse échapper un grognement étranglé. « Kylie. » Il semble frappé de stupeur.

Je mets une minute à me souvenir que c'est le prénom de sa compagne. « Quoi ? Elle est là ?

— C'est impossible », souffle-t-il. Il se redresse et scrute les environs, envahis de fumée et de cendre.

« Vas-y. Va la trouver. Ça ira. »

Une autre détonation et Kylie pousse un cri de

triomphe, imitée par les loups de Garrett. Jackson s'éloigne en trombe et disparaît.

« Et merde. » Je reprends ma forme de lionne. Les combats se sont déplacés : les explosions sont plus distantes. La queue battante, je me mets en mouvement, mufle sur le sol pour essayer de sentir l'odeur de mon fils.

Les murs tremblent quand j'entre dans un couloir au sol en marbre. Je m'arrête en entendant des hommes crier et des portes se faire enfoncer à coup de pied. Le *rat-tat-tat* des mitraillettes est constant. En traversant une pièce remplie d'hommes morts, je trouve des empreintes de pattes ensanglantées. Je les suis, me dirige vers une odeur âcre de poudre et le parfum de la mer.

Alors que j'approche de l'arrière de la villa, les coups tirés avec des armes lourdes deviennent assourdissants. Je cours plus vite, en me déplaçant discrètement contre les murs, baissée pour respirer sous la fumée. J'entre dans un couloir en dérapant et m'arrête net quand un homme me tire dessus. Mes pattes glissent sur la pierre polie. Je recule juste à temps pour éviter une rafale de balles. Les éclats de marbre qui se plantent dans ma fourrure me tirent un hurlement de douleur. Quelque chose atterrit près de moi, explose. La souffrance dans mes yeux me fait rugir. Aveuglée, je trébuche en arrière et me plaque contre le mur. Les coups de feu me suivent, démolissent le bois, envoient des échardes dans mon corps.

Un éclair orange et noir, un feulement, et le fusil se tait abruptement. J'entends un grondement et vois une ombre planer au-dessus de moi. Lorsque la fumée se dissipe, je prends conscience qu'un tigre vient de me sauver la vie. Layne. Sa queue bat furieusement tandis qu'elle se tourne vers sa proie.

Je parviens à me relever et m'éloigne en longues foulées.

Nolan. Je dois trouver Nolan. J'ai beau chercher, je ne décèle pas son odeur au milieu de celles de la bataille.

Puis ma lionne reconnaît un parfum. Subtil, il se faufile dans les couloirs. Il est partout, mais devient plus puissant à mesure que je m'approche de la mer.

Ce n'est pas l'odeur de Nolan. C'est celle de Santiago.

Je continue, mon pelage se hérisse quand j'entends le bruit des pales d'un hélicoptère.

Un rugissement de lion résonne dans la villa. Je me mets à courir, fonce à toute allure vers le vacarme.

Je débouche sur une immense terrasse. Entourée de jungle verdoyante, elle surplombe la mer turquoise.

Un hélicoptère plane en vol stationnaire au bord du parapet en pierre. Un groupe de tireurs en noir entoure une silhouette qui monte à bord de l'appareil. Santiago.

Depuis le toit, des coups sont tirés en direction de l'hélicoptère. Quelques hommes s'effondrent, mais Santiago a déjà embarqué dans l'hélico et l'appareil prend de la hauteur. Il va s'échapper.

Faisant appel à toutes mes forces, je traverse la terrasse aussi vite que possible et m'élance dans les airs.

Nash

Je crie en voyant la lionne sortir à découvert. « Cessez le feu ! » Je fais volte-face et arrache le fusil des mains du loup. « Tu risques de toucher Denali ! »

Les pales de l'hélico font trembler l'air et emportent les cris outragés de la lionne jusqu'à nous. Une seconde plus tard, deux corps chutent de l'appareil et s'écrasent sur la terrasse en dessous.

« Il y a qui dans cet hélico ? »

— Trois hommes. Je vois pas d'enfant, répond le loup avec les jumelles.

— Alors dégomme-le. » Je lui rends le fusil et saute du toit pour atterrir sur les dalles en dessous. Dès que mes pieds touchent le sol, je fonce vers ma compagne. Santiago est étendu non loin, du sang s'écoule d'une coupure à son crâne. Je ne lui accorde aucune attention.

« Denali ? »

La lionne est allongée sur le flanc. Elle est impressionnante, dorée de la tête aux pattes. Alors que j'approche, elle prend une inspiration tremblante et lève le mufle.

« Denali. » Je tombe à genoux, incapable de m'empêcher d'inspecter son pelage à la recherche de blessures.

Un avertissement vibre dans sa gorge et elle écarquille les yeux en fixant un point derrière moi.

Je me couche sur elle juste avant que des coups de feu pleuvent sur nous. Les balles entrent dans mon gilet pare-balles, me poussent en avant. Quelques-unes pénètrent dans mes jambes et mes bras. Denali sursaute quand elle en reçoit dans ses mollets.

Je me retourne en rugissant et rassemble la puissance dans mon corps. Toute la journée, j'ai pu la sentir en moi, une nouvelle dimension de force. Ma troupe. Je viens de faire appel à une capacité d'alpha et l'énergie m'envahit, m'emplit de chaleur. Le temps que je fasse deux pas pour m'approcher de Santiago, mes coupures ont cicatrisé. Je lui arrache son arme des mains d'un coup de pied.

Santiago geint quand que je m'accroupis près de son corps fracassé en grondant.

« Mon fils. Où est mon fils ?

— Il n'est pas à toi », halète-t-il.

Denali pousse un grondement à son tour. Je la désigne d'un geste du menton.

« Dis ça à sa mère.

— Elle n'était qu'une reproductrice. La bonne association de gènes. Ce garçon n'existerait pas si je ne l'avais pas décidé ! » crie le vieux métamorphe taré.

Après quelques tentatives, Denali se remet debout et boite jusqu'à moi. Je m'abstiens de lui dire de rester prudente. Les blessures à son flanc saignent, mais ses yeux brillent. Aucun organe vital n'a été touché.

« Tu te souviens d'elle ? La lionne. Je n'ai qu'un mot à dire pour qu'elle t'égorge. Et elle prendra son temps. Elle fera durer le moment le plus longtemps possible. Dis-nous où est notre fils. » Je le traîne jusqu'au bord de la terrasse et laisse son buste dépasser dans le vide.

Santiago glapit quand son poids manque de le faire basculer vers la mort. Au dernier moment, je le rattrape par l'ourlet de sa chemise. « Dis-nous.

— Il est ici.

— Où ?

— Dans l'aile ouest.

— D'accord. » Je le ramène sur la terrasse et le lâche. Il s'écrase sur le sol en marbre. « Denali, on y va. »

Santiago tente de se redresser, mais il vacille et tombe.

« Toi, tu vas nulle part, vieil homme. De vieux amis à toi meurent d'envie de te voir. » Un grondement retentit dans mon dos. Carlos et ses loups se rassemblent lentement à l'entrée de la terrasse. Ils attendent que les lions abandonnent leur proie.

La peau de Santiago prend une teinte cendrée.

« Si j'étais toi, j'essaierais de m'enfuir. » J'indique le bord du balcon. Il aura une mort plus clémente si la chute le tue. Je me détourne et me dépêche de rejoindre ma compagne, en suivant les traces de son sang.

« Denali, attends ! »

Quand je la rattrape, elle se traîne pour avancer, centimètre par douloureux centimètre.

« Tu es blessée. Tu dois faire demi-tour. »

Elle chancelle, sa tête se balance d'avant en arrière.

Je pose un genou à terre et mets la main sur son épaule. « Mute », dis-je avec autorité. La lionne disparaît en un clin d'œil. Une balle tombe par terre avec un bruit métallique. La mutation fait légèrement trembler Denali, mais ses blessures ont meilleure mine. J'ai accompagné mon ordre d'une bonne dose d'autorité alpha, ce que je n'avais encore jamais fait. Je ne savais même pas que je pouvais le faire. J'enlève mon T-shirt et la couvre.

« Je vais bien. » Elle grimace alors que je l'aide à s'asseoir.

« Non, c'est faux.

— Je les ai trouvés ! » crie une voix de jeune femme. Un drone noir apparaît et flotte au-dessus de nous. « Ils sont là !

— Nash, Denali, par le destin ! s'écrie Jackson en nous rejoignant. Vous l'avez trouvé ?

— Santiago, oui, dis-je. Il est avec Carlos. » Du moins, ce qui reste de lui.

« Apparemment, il y a une pièce hautement sécurisée au deuxième étage de l'aile ouest, dit gaiement le drone. Je pense que Nolan s'y trouve peut-être. »

Denali serre ma main. Je la regarde droit dans les yeux.

« Je vais le chercher. Mais d'abord, on te fait monter dans l'hélico.

— Je ne laisserai pas Nolan, lâche-t-elle entre ses dents.

— S'il te plaît, bébé. J'arriverai mieux à me concentrer si je sais que tu es en sécurité. *S'il te plaît.*

— Je prendrai soin d'elle, dit Jackson. Pars avec Kylie.

— Kylie ?

— Ici. » Le drone descend et s'approche de moi. Sur un écran minuscule, une femme souriante me salue de la main. « Tu ne pensais quand même pas que j'allais manquer toute l'action ? »

Jackson maugrée quelque chose à propos de punition tout en s'accroupissant pour que Denali puisse passer un bras autour de ses épaules.

Elle ravale un cri quand il la soulève.

J'hésite.

« Nash, vas-y », me presse Denali.

Je pars en courant derrière le drone, que Kylie manœuvre avec dextérité dans les couloirs.

« Il y aura peut-être des gardes, dit-elle. Attends un moment. »

Je m'arrête et laisse l'appareil partir devant, puis elle appelle d'une voix chantante : « La voie est libre. »

On tourne à l'angle d'un corridor.

« Dernière porte à droite, je crois. Cette villa est plutôt sympa, ajoute Kylie. Pour un gros psychopathe, Santiago avait bon goût. Nash… attends ! »

Je m'arrête net. Le drone produit un faisceau de lumière et illumine de petits lasers rouges qui s'entre-croisent devant la porte.

« Des lasers, marmonne-t-elle. On dirait que Santiago ne faisait pas confiance à ses propres hommes pour garder ton fils. »

Avec un hochement de tête, je recule et fais appel à l'agilité de mon lion pour bondir par-dessus le réseau de lasers.

J'aurais bien muté, mais je ne veux pas enfoncer la porte à moins d'y être obligé. Inutile d'effrayer mon fils.

Ma main se pose sur la poignée. Elle tourne facilement.

« Excellent, murmure Kylie. Je vais dire à Sam de se tenir prêt avec l'hélico. »

Après avoir attendu que mes yeux s'habituent à l'éclai-rage tamisé, j'entre dans la pièce. Elle est vaste et étonnamment élégante, la chambre pleine de jouets d'un fils bien-aimé.

Carlos nous a dit que Santiago n'a jamais pu avoir d'enfants. Dans le cas contraire, il ne se serait peut-être jamais embarqué dans cette quête pour créer une race supérieure.

Un lit se trouve au fond de la pièce. La couverture remue quand je m'approche. Nolan s'assied, le visage ensommeillé. Il se frotte les yeux.

« Nash ? Tu es venu me chercher ?

— Oui. » Je tombe à genoux et ouvre les bras. Il accourt. « Mon fils. »

Denali

La pulsation dans mon flanc m'aveugle presque.

« Sortez-la d'ici ! crie Jackson.

— Attendez ! S'il vous plaît, pas sans…

— Tout va bien, m'assure Sam. Ça risque rien. On a le temps. »

Je me mordille la lèvre. Et si un autre groupe de gardes arrivait ? Et si Santiago avait fait quelque chose à Nolan, qu'il était enfermé quelque part… ou qu'il n'était pas là ?

« Fais-lui confiance, Denali. »

Une lugubre brume matinale se lève. Une silhouette fend le brouillard. Ma lionne le reconnaît avant moi, et je me lève en un clin d'œil.

Nash traverse la pelouse, Nolan dans ses bras. Mon petit garçon a les bras passés autour du cou puissant de mon compagnon, son petit visage est levé pour lui dire quelque chose. Nash répond et ils se tournent tous les deux vers moi. Je reprends mon souffle.

« Maman ! » crie Nolan dès qu'il m'aperçoit. Je tends les bras vers lui en pleurant. Nash me rejoint en quelques grands pas et me donne mon fils.

« Il va bien », dit-il d'un ton rassurant. J'enfouis mon visage dans les cheveux de Nolan, inspire son odeur et l'examine pendant que Nash attache nos ceintures avec beaucoup de soin.

« Maman, pourquoi tu pleures ? Je vais bien. Nash est venu me chercher.

— Je sais, bébé.

— Prêts ? demande Sam depuis le siège du pilote.

— C'est bon, répond Nash. Prêts pour le décollage. Ramène ma famille chez elle. »

∿

Agent Dune

Charlie baisse le viseur du fusil de sniper et roule pour se lever. Le craquement d'une brindille le pousse à reposer brusquement l'arme sur son épaule, tourner sur lui-même et viser. Il le repointe vers le sol tout aussi vite.

C'est un loup. L'un d'entre eux.

Une prise de conscience le traverse en un frisson, exactement comme lorsqu'il a vu le groupe d'humains se transformer. Ce ne sont pas tous des loups. Nash est un lion, ainsi que sa petite amie. Il a aussi vu un tigre et un hibou.

Le loup retrousse les babines en grondant, montre les crocs.

Conscient qu'un humain se trouve derrière la fourrure, Charlie lâche le fusil et lève les mains en l'air. « Du calme. Je suis venu pour m'assurer que vous récupéreriez le gamin. Je ne fais pas partie de cette opération. »

Le loup avance sans cesser de gronder.

Une semaine plus tôt, il aurait peut-être commencé par tirer et posé des questions ensuite, mais plus maintenant. Pas après ce qu'il vient de voir. Ce qu'il a ressenti.

Observer ces hommes prendre une forme animale a eu un effet étrange sur son corps. Ses cellules ont chauffé et se sont réorganisées, comme si elles connaissaient le schéma. Comme si elles voulaient qu'il change, lui aussi.

« Je ne suis pas avec Santiago. C'est moi qui vous ai donné les coordonnées GPS de cet endroit. »

Le loup se jette sur lui.

Il lève l'avant-bras pour se protéger de la morsure, mais elle ne vient pas. Le loup le fait basculer sur le dos et pose les pattes sur son torse, mais il n'attaque pas sa gorge.

En un éclair, l'animal se transforme en un humain furieux.

Le nez de Charlie se fait écraser par un coup de poing brutal de Jared Johnson, le combattant qu'il a arrêté à Tucson.

« Qu'est-ce que tu sais sur le gosse ? » demande-t-il d'un ton chargé de reproches.

Charlie se sert de ses jambes pour repousser Jared et se relève d'un bond, prêt à se défendre. Il a un autre pistolet à sa ceinture, mais ne cherche pas à s'en saisir. Jared n'essaie pas de le tuer.

« Je les ai vus l'enlever. » Ils se tournent autour. Jared a les poings levés à la manière d'un boxeur. « J'étais trop loin pour intervenir, mais je me suis senti obligé de les suivre. Je voulais être sûr que vous viendriez le secourir. »

Jared se jette en avant pour le frapper, mais Charlie esquive et recule sans tenter de riposter. C'est bien la première fois qu'il se bat contre un homme nu.

« Tu travailles pour le gouvernement, l'accuse Jared.

— Je ne suis pas en service.

— Qu'est-ce que tu fous là ?

—Je viens de te le dire. »

Jared baisse les poings aussi vite qu'il l'a tout d'abord attaqué. « Conneries », lâche-t-il en levant le menton. Le défi dans ses yeux fait courir des picotements glacés le long de l'échine de Charlie. « *Mute.* »

Charlie ne comprend pas l'ordre, mais son corps s'échauffe, il a de nouveau la sensation étrange que ses cellules se déplacent et se réorganisent.

« *Mute, enfoiré.* » La voix de Jared contient plus de puissance que ça ne devrait être possible.

Elle semble résonner dans les oreilles de Charlie, se répandre à travers son torse. Une impression de torsion, de déchirement, et son corps vole en éclats. Ses vêtements sont tout à coup trop petits pour lui et se déchirent. Il se retrouve plus près du sol, les yeux rivés sur deux énormes pattes blanches. Son nez brisé cesse de le faire souffrir.

C'est quoi ce *bordel ?*

Mais alors qu'il tombe des nues, une petite voix intérieure murmure *je le savais.*

Il lève la tête et regarde fixement l'homme.

Le regard de Jared a un éclat triomphant. Il croise les bras. « C'est ça que tu voulais savoir ? Hein, agent Dune ? »

Bien sûr, Charlie ne peut pas répondre. Il ne peut que gronder.

« Reprends forme humaine », ordonne Jared.

Tout aussi inéluctablement que la première fois, son corps se transforme de nouveau. Charlie est assis sur les fesses, ses habits déchirés autour de lui.

« Arrête de nous coller. Si tu veux des réponses, viens me poser les questions directement. Tu sais où j'habite. » Sur ces mots, Jared devient flou, tombe à quatre pattes et disparaît en courant dans la jungle sous la forme d'un énorme loup.

Charlie lève les mains et les examine. Plus aucune trace de pattes. « Eh ben, marmonne-t-il tout haut. Putain, c'était bizarre. »

Un sourire inattendu étire ses lèvres et quelque chose, une facette animale en lui, se réjouit.

Un loup métamorphe.

« Sans déc'. » Il range son arme en riant doucement.

CHAPITRE QUINZE

Nash

« Ce n'est pas comme si j'étais vraiment sur place. » La voix de Kylie grésille dans la pièce. On est de retour à l'hacienda et, même si de nombreux loups sont encore blessés, l'ambiance est festive. Denali et Nolan sont à l'abri dans leur suite ; je les ai laissés un moment pour débriefer les alphas avant d'aller me coucher.

« Je ne me serais pas mise en danger », continue Kylie. Elle est affichée sur l'écran de l'ordinateur de Sam. Penché au-dessus de lui, Jackson regarde sa compagne avec sévérité, mais Kylie n'a pas l'air trop inquiète. Elle examine ses ongles qui se sont allongés en griffes. « Je ne pouvais pas rester sans rien faire pendant que vous étiez en danger.

— J'ai failli avoir une crise cardiaque quand j'ai entendu ta voix », grogne Jackson. D'un geste du bras, il englobe Garrett et les loups de sa meute dispersés dans la pièce. « Tu as vu leurs compagnes participer au combat ?

— Amber est humaine, fait remarquer Kylie. Et,

connaissant Tank, il a enchaîné la sienne pour l'empêcher de le suivre.

— Attachée au lit », confirme le loup sans lever les yeux de l'arme qu'il nettoie.

« Nash. » Sedona m'appelle depuis le pas de la porte. Un beau bébé potelé posé sur sa hanche babille. Je fais un signe de tête à Garrett et Jackson avant de sortir de la pièce.

« Laurie, Declan et Parker ont demandé après toi. J'ai pensé que tu voudrais les voir.

— Merci. Comment vont Carlos et sa meute ?

— Six loups ont été gravement blessés, mais Carlos et la plupart vont bien. » Elle réprime un sourire. « Ils ont déjà commencé les célébrations. Je suis sûre que tu entendras des feux d'artifice plus tard. La *fiesta* durera sans doute une semaine. » Elle s'arrête devant une porte et baisse la voix. « On les a examinés avec Layne et on a désinfecté leurs blessures. Parker et Declan n'ont pas reçu de balles, mais Layne et Laurie les ont trouvés évanouis par terre. Ils les ont ramenés ici.

— C'est ma faute. J'ai été blessé en défendant Denali et j'ai puisé dans l'énergie de ma troupe pour me régénérer rapidement. »

Elle hoche la tête. « Je m'en doutais. En tout cas, ils vont bien. Ils sont juste un peu faibles. On leur a dit de se reposer, mais ils voulaient te voir…

— Bien sûr. »

Elle s'écarte. La main sur la poignée, je me fige. « Sedona ? Merci. »

Après un dernier sourire, j'attends qu'elle s'éloigne dans le couloir avant d'entrer dans une chambre faiblement éclairée. Sedona a eu raison de rassembler les blessés à l'écart des loups indemnes. Témoigner de la compassion à l'égard d'êtres diminués n'est pas dans la nature d'un prédateur. Parfois, le sang ne rappelle aux métamorphes que de la viande.

À l'intérieur, Laurie a le bras bandé. Il est le seul à être assis. Parker et Declan sont allongés sur des lits et ont le teint blême. Ce sont eux qui ont été le plus durement touchés quand j'ai puisé dans leur énergie. Leur corps en a payé le prix.

Ils se redressent tous trois quand j'entre.

« Bougez pas. » Ils se détendent instantanément. Les voir obéir à mes ordres me tire un petit sourire. J'imagine que j'ai vraiment endossé mon rôle d'alpha, à présent.

« Comment va Nolan ? veut savoir Laurie.

— Bien. Il est en bonne santé. Sans doute un peu secoué, mais il s'en remettra. Denali le met au lit. » Mon fils n'a pas arrêté de parler du vol en hélico. Apparemment, Sam lui a promis de lui donner des leçons de pilotage. Denali n'était pas contente.

« Et Santiago ?

— Mort. On a laissé Carlos s'en occuper. »

Ma troupe approuve d'un hochement de tête. Ils savent que la meute de Carlos avait plus de comptes à régler avec le loup malveillant que quiconque.

« Alors, qu'est-ce qui se passe maintenant ? » demande Parker. Au même moment, Laurie murmure : « Tu es notre alpha ?

— J'ai toujours été un alpha. Je le savais pas, c'est tout. Ce serait un honneur d'être le vôtre.

— Alpha », marmonnent Laurie et Declan. Parker incline la tête en arrière pour montrer sa gorge en souriant.

« Je sais que je vous ai pris de l'énergie pendant le combat. » Je serre l'épaule de Declan et celle de Parker. Ils se détendent davantage. « Ça va ?

— Au top, *boss* », confirme Parker.

Declan pose sa main sur la mienne avec un sourire fatigué.

Je raffermis ma prise sur leurs épaules et laisse ma force entrer en eux. Quand mes bras retombent, leurs joues ont retrouvé des couleurs et leurs yeux sont plus vifs.

Parker tente de se lever avec difficulté.

« Ah non, hors de question. » Layne se précipite dans la chambre et le repousse contre le matelas. « Tu as besoin de repos. Sinon, je t'administre un sédatif.

— Dormez. » Dès que je prononce l'ordre, Parker et Declan ferment les yeux, la tête de Laurie tombe sur son torse. Layne la repose sur l'oreiller.

« Je resterai avec eux, murmure-t-elle.

— Merci. » Je sors silencieusement de la pièce.

Des cris de joie m'accompagnent tandis que je traverse l'hacienda. La cour pleine de métamorphes est saturée de fumets de viande. Un loup mexicain passe en titubant, souriant jusqu'aux oreilles alors qu'il boit des rasades d'alcool directement dans un pichet noir.

« *Amigo !* » Il lève le bras pour porter un toast en mon honneur et baisse légèrement la tête en signe de respect à mon lion dominant. Il me propose de partager sa boisson, mais je refuse avec un sourire. Je suis totalement alerte et gonflé à bloc par l'adrénaline. Il n'y a qu'un seul endroit où j'ai envie d'être.

Je prends la direction de la partie tranquille de l'hacienda et presse le pas jusqu'à ce que j'atteigne l'aile où flotte un parfum familier de cannelle. Denali et Nolan sont à l'intérieur. Ma famille. Je n'hésite qu'un instant avant d'ouvrir la porte.

Les trois pièces, deux chambres attenantes à un salon, sont plongées dans le noir. Assise sur le lit dans la plus petite chambre, Denali regarde Nolan dormir. Je m'appuie contre le cadre de la porte pour les contempler. Ma compagne et mon fils. Ma famille.

Denali se lève et s'approche de moi. Malgré la pénombre, je vois ses yeux scintiller d'une lueur gris-vert. Sa lionne n'est pas loin de la surface.

Balançant des hanches en marchant, elle enlève son T-shirt.

Ma bite se tend contre mon jean, mais je me force à garder les bras contre mes flancs. Denali veut prendre les commandes et je vais la laisser faire.

« Je t'ai déjà dit à quel point ça m'excite de te voir te battre ? » Elle glisse les mains sous mon T-shirt et enfonce ses ongles dans mon torse.

Un grondement ronronnant monte dans ma gorge. « J'ai pu remarquer la dernière fois. » Ma voix est impossiblement grave. J'enlève mon T-shirt pour la laisser accéder à mon torse. Elle fait passer ses ongles sur mes tétons, griffe légèrement mon ventre musclé.

Elle me pousse en arrière, hors de la chambre de Nolan, et referme la porte derrière nous. Une main sur mon torse et une main qui ouvre mon jean, elle me propulse dans l'autre chambre. « Mmm hmm. Je vais avoir besoin de cette grosse bite de lion cette nuit. »

Que le ciel me vienne en aide. Comment aurais-je pu quitter cette femelle spectaculaire ? Je ne peux pas imaginer tout ce à quoi j'aurais renoncé.

Quand l'arrière de mes genoux rencontre le lit, je m'assieds. Denali baisse ma braguette, tombe à genoux à mes pieds et libère mon érection.

Je dois me retenir de toutes mes forces pour ne pas refermer mon poing autour de ses boucles et baiser sa bouche irrésistible comme un taré. À la place, je serre les poings et la laisse prendre les rênes.

Clairement, elle cherche à me torturer. Elle prend son

temps pour donner de petits coups de langue autour de mon gland.

Je gronde. « Denali, tu joues avec le feu. »

Elle libère mon membre avec un petit claquement des lèvres et sourit. « Ah ouais ? » Elle mord l'intérieur de ma cuisse. « Et comme ça ?

— Si tu prends pas ma queue au fond de ta jolie bouche boudeuse, je vais te plaquer par terre et te baiser jusqu'à ce que tu demandes grâce. »

Elle embrasse ma cuisse, puis lèche mes bourses.

Mes poings sont tellement crispés que mes doigts craquent.

« Tu veux me montrer qui est le chef ? » demande-t-elle d'un ton taquin. Elle recouvre ses dents de ses lèvres et fait entrer mon gland dans sa bouche.

Je pousse un grondement. « Tu as cinq secondes. Cinq… quatre… »

Elle écarquille ses beaux yeux et son regard se rive au mien, mais elle ne me prend pas plus loin dans sa bouche, elle continue mon supplice.

« Trois-deux-un. » Je termine le décompte à la hâte et la soulève par les avant-bras. Je la lance sur le matelas, l'allonge sur le dos et baisse brusquement les bonnets de son soutien-gorge. Je me défoule sur son sein droit, suce son mamelon tout en pétrissant son autre sein sans douceur. Elle tire mes cheveux et griffe mes bras, son bassin se soulève pour se frotter contre mon bas-ventre.

Je glisse ma main entre ses jambes. « Tu me montres où tu veux ma bite, bébé ? Ou ma bouche ? »

Elle se cambre. « Ta bite, halète-t-elle.

— Ma bite ? Tu es sûre ? » Je passe le dos de ma main sur la couture de son jean, en insistant sur son clitoris. « Je croyais que tu voulais prendre ton temps. » Mes dents effleurent son téton.

Sa tête roule de gauche à droite. « Pas lentement. Non. » Elle a déjà l'air surexcitée et désespérée. J'ai hâte de la faire hurler.

« Non ? » Je baisse lentement son jean le long de ses jambes.

Ses doigts glissent dans sa culotte, entre ses lèvres humides.

« Oh que non. » Je saisis son poignet et le coince derrière sa tête. « C'est ma chatte. Je suis le seul à la toucher ce soir. » De l'autre main, je lui enlève sa culotte et déchire le tissu dans ma précipitation.

Denali gémit et passe ses jambes autour de ma taille pour m'attirer contre elle. Je ris doucement. Ses jambes sont si musclées que je ne peux pas maintenir à la fois ses hanches et son poignet. Je la fais rouler sur le ventre, rassemble ses bras dans son dos et tape légèrement ses fesses. En l'entendant gémir de nouveau, j'ai envie de la fesser plus fort, mais j'ai peur de réveiller Nolan.

Au lieu de ça, je fais remonter son bassin jusqu'à ce que son buste soit posé sur mes genoux, et la goûte.

Putain, oui.

Le parfum de cannelle de sa lionne imprègne la pièce, picote ma langue. Je passe celle-ci entre ses grandes lèvres et donne un petit coup sur son clito, puis je raidis ma langue et la pénètre.

Elle sursaute et essaie de libérer ses mains. « Nash... Nash.

— Pas encore, bébé. Je te baiserai quand je serai prêt. Pour l'instant, j'ai besoin de goûter ta chatte.

— Tu l'as déjà goûtée, gémit-elle. Allez, baise-moi. »

Je frappe ses fesses et fais un aller-retour avec ma langue, de son clito à son anus. Ses cuisses tremblent, elle pantèle bruyamment. J'ai envie de la lécher toute la nuit, mais je perds le contrôle à mon tour. Le besoin de la posséder est beaucoup trop puissant.

Je baisse mon jean. Denali reste en position, en attente, son visage contre le matelas, ses mains toujours dans le creux de son dos. J'ai une capote dans mon portefeuille, mais je ne cherche pas à la sortir. Je frotte plutôt mon gland dans ses sécrétions et dis : « Quand tu vas prendre cette queue, ce sera peau contre peau, bébé. Je ne t'ai pas vue porter mon petit la dernière fois. Je meurs d'envie de voir ça. »

J'attends, parce que je ne suis pas un connard au point de prendre cette décision sans son accord.

Denali tourne la tête pour me regarder. « T-tu veux d'autres enfants ?

— Ouais. Et toi ? »

Quand elle cache son visage dans le matelas avec un sanglot, je m'allonge immédiatement sur elle. On se retrouve tous les deux aplatis sur le lit, mon corps enveloppant le sien.

« Bébé. Parle-moi. Je suis désolé. Qu'est-ce qui se passe ? »

Elle se retourne et enfouit son visage strié de larmes dans mon cou. « Ça va, répond-elle d'une voix étranglée. Je suis heureuse. » Elle me mord, comme pour me marquer.

Je tressaille quand ses crocs percent ma peau, plus par surprise que par douleur. Elle lape la blessure tandis que sa main glisse entre nous et se referme autour de ma queue. « Donne-moi cette bite de lion, susurre-t-elle. J'aurais un millier de lionceaux avec toi. »

Oh mon Dieu. Le rugissement de mon lion fait trembler les murs. Je me redresse et m'enfonce profondément en elle. Elle serre ma taille entre ses jambes puissantes et enlace mon cou, m'attire vers elle pour m'embrasser.

Je possède sa bouche et la revendique avec férocité, ma langue plonge entre ses lèvres. J'avance mon bassin et chaque coup de reins spectaculaire me rapproche de l'extase. Je n'avais encore jamais connu la félicité et je n'oublierai jamais ce moment : Denali qui me dévore à égale mesure, qui s'offre corps et âme à moi, à notre famille.

Le bonheur envahit mon lion. J'accepte sa présence en moi. Nous ne faisons qu'un, nous œuvrons ensemble pour donner du plaisir à notre compagne. Je n'ai plus peur de lui, je ne redoute plus qu'il attaque les personnes que j'aime. S'il était malade, c'est seulement parce que je le faisais souffrir.

Je chevauche Denali jusqu'à ce qu'on soit tous les deux trempés de sueur et à bout de souffle. Je ne veux jamais jouir, pourtant je vais crever si ça n'arrive pas. Aux cris perçants de Denali, je devine qu'elle est proche de l'orgasme, elle aussi. Il manque encore quelque chose. Quelque chose que je dois dire.

« Je suis à toi, lionne. Tu m'as marqué. Je te quitterai jamais. » Je lui en fais le serment.

Dès que son orgasme débute, j'explose avec elle. Je fais encore deux va-et-vient avant de m'enfouir profondément en elle et d'éjaculer. J'ai l'impression de jouir sans discontinuer, comme si mon lion savait que j'ai l'intention de lui faire un petit et qu'il libérait l'équivalent d'une vie de ma semence pour y parvenir.

Denali continue de trembler et de se contracter, sa bouche s'est recollée contre mon épaule. Je la pénètre en me balançant lentement et caresse son sexe malmené par mon membre.

« Je n'ai touché personne d'autre depuis le jour où je t'ai rencontrée. » Je tiens à ce qu'elle le sache. Elle a toujours été mienne.

« Moi non plus, me murmure-t-elle à l'oreille. Je t'ai attendu tout ce temps. Je savais que tu viendrais. »

Un frisson me traverse. Je roule sur le côté et la prends dans mes bras, nos corps toujours reliés. « J'aurais jamais dû attendre. Mais… je voulais pas risquer de te faire souffrir encore plus.

— Tu ne m'as jamais fait souffrir. Tu m'as protégée et tu as toujours été généreux. Et regarde le cadeau que la vie nous a fait. » Elle sourit et tourne la tête en direction de la chambre de Nolan.

Je repousse les mèches bouclées sur son beau visage. Cette fois, je l'embrasse avec douceur. « Je t'ai possédée et marquée, rien d'autre. Toi… » Je dois m'interrompre pour cligner des yeux, ma vue se brouille tout à coup. « Tu m'as guéri. »

Denali me serre dans ses bras de plus en plus fort jusqu'à ce que nos deux corps ne soient qu'une forme mouvante. On respire nos odeurs mélangées. Nous ne faisons qu'un, une entité à part entière. Un *nous*. Après une vie solitaire passée à tenir les autres à distance, je suis lié. À Denali. À Nolan. À ma troupe hétéroclite de marginaux. À leur cercle d'amis élargi qui ont été là pour moi — non, pour *nous* — quand nous en avions le plus besoin.

C'est incroyable. Et beau.

La vie, ma vie, est une joie.

Je remercie le ciel. Et le Seigneur. Et mon lion. Et Denali. La gratitude m'emplit et rayonne autour de moi alors que je glisse dans un sommeil paisible, le premier depuis une éternité. Possiblement depuis toujours.

Je suis à nouveau entier.

ÉPILOGUE

Denali

Un courant d'air passe dans ma cuisine et apporte un parfum de fleurs sauvages. Elles se balancent par milliers sur la colline. Les boutons multicolores ont éclos dans la nuit après l'orage.

Pieds nus devant le comptoir, je déplace mon poids d'une jambe sur l'autre tout en mélangeant la pâte de cookies au beurre de cacahuète. Le minuteur sonne : la première fournée est prête. Je la sors du four et secoue le papier de cuisson, ce qui envoie l'odeur de biscuits chauds par la porte-moustiquaire. Une odeur à laquelle aucun homme ni lion ne peut résister.

Sans surprise, deux silhouettes apparaissent quelques minutes plus tard sur la colline et marchent en direction de la maison. À mi-chemin, Nash soulève notre fils. Du haut de ses quatre ans, Nolan a grandi, mais son père a les épaules larges. Assez larges pour porter ma marque. Assez larges pour porter notre fils… et bientôt, notre fille.

Mon sourire s'élargit quand Nash s'arrête et se penche lentement pour cueillir un petit bouquet de fleurs.

« Ce sont les préférées de ta mère », dit-il à Nolan. Il les fait tenir à notre petit garçon. Lorsque je me penche un peu trop contre le comptoir, Nadia proteste en donnant un coup.

Je pose les mains sur mon ventre rond.

« Il n'y en a plus pour très longtemps maintenant », dis-je à voix basse. Son père l'appelle déjà sa *princesse*, tout comme il m'appelle sa *reine*.

La troupe surnomme Nolan le *petit prince* et Nash reste le *roi des animaux*, mais c'est désormais seulement pour le taquiner. Il permet à peine à la troupe de l'appeler *alpha*, même si je le soupçonne d'apprécier ça davantage qu'il ne l'avoue. Mais non, il insiste pour qu'on l'appelle *Nash*. Ou *le compagnon de Denali*. Ou, pour Nolan, et bientôt pour Nadia, *papa*.

Il prend soin de nous tous, sa famille et sa troupe.

On continue notre vie sans attirer l'attention, juste au cas où le gouvernement déciderait de se lancer à notre recherche. Mais la Fosse a été transformée en un établissement légèrement plus élégant : un bar de motards aux allures de taverne appelé la Jungle. C'est une meilleure couverture pour le club de combat.

Nash se bat toujours, mais seulement une fois par semaine. Le reste du temps, il est désormais l'homme à tout faire dans la maison, dans la taverne et pour la majorité du voisinage.

Ses talents de combattant l'ont rendu célèbre dans toute l'Amérique du Nord et il reçoit des invitations à participer à toutes sortes d'évènements métamorphes. Il en décline la plupart. Il refuse de quitter Nolan et moi, même pour une ou deux nuits.

Quand ils entrent dans la maison, Nolan m'offre les

fleurs. Nash arrive derrière moi et pose les mains sur mon ventre, ses lèvres chatouillent mon cou. Je m'appuie contre son torse.

C'est dans ce genre de moment que mon grand-père et ma tante, qui m'ont élevée, me manquent. J'aurais aimé qu'ils sachent combien je suis heureuse. À quel point je les retrouve dans ma manière d'élever Nolan. Dans ma façon de voir le monde. Mais je ne peux pas m'attarder sur ce que j'ai perdu. Ce que j'ai gagné est bien plus important.

J'ai Nash.

J'ai Nolan.

Bientôt, j'aurai Nadia.

Ensemble, nous formons une troupe.

Personne ne nous soumettra. Jamais plus.

Fin

Merci d'avoir lu *La Guerre de l'Alpha* ! Si vous avez apprécié ce livre, nous vous serions reconnaissantes de nous laisser vos commentaires ; ils sont très importants pour les auteurs indépendants. Découvrez bientôt le prochain livre de la série *Alpha Bad Boys* : *La Mission de l'Alpha* !

LA RECETTE DE COOKIES AU BEURRE DE CACAHUÈTE LA PLUS SIMPLE AU MONDE :

Remarque de Renee : et ils sont sans gluten !

Environ 230 g. de beurre de cacahuète (l'équivalent d'un petit verre à moutarde)
    Environ 220 g. de sucre (idem)
    1 œuf
    1 cuillère à café d'extrait de vanille

Mélangez tous les ingrédients. Formez des boules de pâte d'environ deux centimètres et demi de diamètre et répartissez-les sur une feuille de cuisson. Aplatissez les boules avec une fourchette.

Faites cuire au four pendant dix minutes à 160°C et laissez refroidir avant de décoller les cookies de la feuille. Dégustez-les tels quels, ou émiettés sur de la glace à la vanille. :D

NOTE DE L'AUTEURE

Coucou, c'est Lee. Je me dois de tirer mon chapeau à Renee, merveilleuse co-auteure et fantastique amie. Cette série n'existerait pas sans elle, et encore moins ce livre. En gros, je lui ai envoyé un tas de scènes et une idée, et elle a fait le reste. J'ai eu les larmes aux yeux en lisant le résultat ; elle a fait de ce livre ce qu'il était censé être. C'est une magicienne.

J'ai énormément de gratitude envers cette série. Dans chaque livre, je pense que nous avons repoussé les limites de notre écriture et de notre talent pour la narration, tout en nous amusant tellement que ça devrait être illégal. J'espère que vous aimez lire ces histoires au moins à moitié autant que nous adorons les écrire.

J'aimerais dédier ce livre à nos enfants, qui rendent la vie incroyablement drôle, pleine de défis et beaucoup plus enrichissante.

Et un immense merci à Renee Rose pour être une auteure, une confidente et une amie merveilleuse ; tu me complètes !

NOTE DE L'AUTEURE

Tendresse,
  Lee

LA MISSION DE L'ALPHA ~
CHAPITRE 1

Charlie

Du sang dans ma bouche… pas le mien.

C'est… si bon.

Non. Pas bon. Mal.

Reprends forme humaine, bon sang.

Mute.

Quand rien ne se passe, je parcours le versant de la montagne, fonce à travers les arbres, saute par-dessus les troncs à terre et les rochers. Mes pattes blanches sont énormes sur les douces aiguilles de pin.

Qu'est-ce que c'est ? Un mouvement dans les fourrés. Je bondis, pivote dans les airs et me lance à la poursuite du lièvre qui détale.

Il n'a pas la moindre chance. Je suis trop rapide. Trop féroce.

Du sang emplit de nouveau ma bouche, chaud et épais. J'engloutis la chair comme un chien affamé.

Puis je trotte jusqu'au ruisseau et m'y désaltère.

Lorsque je vois mon reflet dans l'eau, j'essaie de mordre le gros loup blanc et argenté.

Mute, espèce de monstre. Mute.

Putain, je ne sais même pas où je suis ni comment repartir. Mon cerveau ne fonctionne pas correctement. Je n'ai aucun contrôle sur mon corps. Sur mes… envies.

Je tourne les talons et pars dans la direction qui m'attire. Par miracle, j'arrive devant ma camionnette.

Le désir de monter dans ce véhicule et de quitter cette montagne, de m'éloigner de ce qui s'est passé ici est si puissant que je m'assieds et geins en regardant la poignée de la portière.

Reprends forme humaine.

Qu'a dit Jared pour me faire muter au Honduras ? Simplement *reprends forme humaine.* Je me concentre pour me remémorer ce moment, quand j'ai vu mes pattes blanches pour la première fois, la sensation de chaleur, mes cellules qui se réorganisent. Soudain, je suis couché sur le flanc, hors d'haleine.

Humain.

Putain, quel soulagement.

Je suis de nouveau humain. J'ai erré sur cette montagne pendant dix-huit heures avant de réussir à muter.

Venir ici pour libérer le monstre était une erreur. Je m'essuie la bouche, écœuré par le goût du sang. Quand le souvenir de ce que j'ai mangé me revient, je manque de vomir à côté de la voiture.

Bon Dieu. Ce n'est pas mon genre de ne pas avoir le contrôle sur mon corps. Cette enveloppe de chair est une machine pour moi depuis que j'ai rejoint l'armée et quitté le Kentucky à l'âge de dix-huit ans. Je peux tuer à mains nues, échapper à n'importe quel danger. Je ne suis jamais aussi efficace qu'en condition de stress.

Ce n'est pas le moment de devenir sensible.

Je ne supporte pas que mon contrôle m'échappe, de ne pas savoir ce que je ferai ensuite. Voir comment j'ai succombé au besoin de chasser de mon animal… Je n'ai pas pu le réfréner. La lune montante m'a attiré ici hier soir.

Merde. Quelle heure est-il ?

Je récupère les clés, que j'ai cachées au sommet de la roue du côté conducteur, et déverrouille la camionnette.

Putain, midi et demi. J'ai manqué le rendez-vous avec mon agente de liaison. Merde, je suis foutu.

Je mets mon jean tout en appelant l'agente Annabel Gray.

« Dune, qu'est-ce qui t'est arrivé ? Tu as disparu pendant vingt heures. » Elle a dû consulter mon traceur. Je ne l'active que lorsque je suis en mission.

Est-ce que j'entends du soulagement dans sa voix ? Ann Gray s'inquiétait-elle pour moi ? C'est une pensée étrange, mais ma relation avec elle a changé le mois dernier, quand je lui ai demandé de m'aider à retrouver la trace des… *loups métamorphes*. Maintenant, je sais ce qu'ils sont.

Ce que *je* suis.

Bref, nous avons établi un rapport de confiance. Elle m'a rendu un service et m'a dit que je lui en devais un en échange.

Cette information me pousse à gamberger sur ce que je sais à son sujet. Que pourrait-elle bien vouloir de moi ?

« Désolé. » Je passe mon T-shirt et m'assieds derrière le volant. « J'ai loupé notre rendez-vous.

— Tout va bien ? » Sa voix est hésitante, gênée. Elle s'est vraiment fait du souci.

« Je ne suis pas blessé. » C'est la vérité. Sans trop savoir pourquoi, je n'ai pas envie de lui mentir, et je ne peux pas dire sincèrement que je vais bien.

Découvrir que je suis un loup métamorphe, après que mes gènes de loup se sont activés en voyant mes… semblables, m'a laissé sur le carreau. Je mets en doute ma santé mentale chaque jour. Mais surtout, je remets en question mon efficacité. Mes sens sont ultrasensibles. J'entends trop, je sens trop d'odeurs, j'ai envie de viande et j'ai l'impression que je vais crever si je ne tue pas quelque chose. Mais si je ne peux pas contrôler mes pulsions animales, que se passera-t-il quand je serai au boulot ? Quand des vies seront en danger ?

« J'ai passé la nuit… hors de la ville. Je peux être là dans quatre-vingt-dix minutes. Donne-moi une adresse. »

Elle soupire avec impatience. « Venice Beach, quatorze heures trente.

— On se voit là-bas. »

Je raccroche et écrase l'accélérateur. D'habitude, je me fiche d'énerver mes agents de liaison. Mes performances professionnelles ne sont pas évaluées en fonction de mes interactions avec les autres, mais de mon efficacité à réussir les missions. Pourtant, peut-être parce qu'elle avait l'air réellement soucieuse, j'ai hâte de voir l'agente Gray en face.

Je lui présenterai peut-être même mes excuses.

Annabel

J'achète un cornet de glace et m'assieds sur un mur à Venice Beach, me mêle aux hordes de personnes sur la plage. Je suis habillée pour me fondre dans la masse : un débardeur, un short et des sandales à lanière avec lesquelles je peux courir si besoin est.

Je n'arrive pas à croire que je redoute que Charlie

Dune ait couché avec quelqu'un hier soir. Merde, qu'est-ce que ça peut bien me faire ?

On n'est pas ensemble.

Je suis son agente de liaison, bon Dieu.

Bien sûr, il est canon. Tous les agents de terrain que j'ai rencontrés m'attirent. Mais bon, comment ne pas être séduite par ces hommes à l'intelligence supérieure dont le corps a été entraîné pour être une arme ? Des agents censés être capables de renverser des gouvernements à eux seuls, de déclencher des guerres ? Des agents qui peuvent sauver des otages ou, si l'on en croit les rumeurs, exécuter sur ordre ? Je n'ai jamais transmis de telles instructions, mais je ne suis pas très haut placée.

Comme tous les agents spéciaux, Dune n'est que muscles ciselés. Il n'est ni massif ni immense ; ils ne le sont jamais. Ils doivent pouvoir évoluer dans les lieux sans se faire remarquer. Se fondre dans la masse.

J'imagine que j'ai un faible pour les espions, et en particulier pour Dune. Il s'est passé quelque chose entre nous le mois dernier. En fait, c'est sans doute juste dans ma tête. Et c'est précisément pour ça que je suis spécialisée dans l'analyse des renseignements et que je ne travaille pas sur le terrain : je suis trop émotionnelle, les gens et les situations me touchent trop. Je m'investis trop. Malgré ma formation au combat, je ne pourrais jamais tirer sur quelqu'un même si ma vie en dépendait.

Le mois dernier, j'ai fait des entorses à certaines règles et j'ai risqué ma place pour obtenir des informations à la demande de Dune. Il m'a expliqué qu'il a perdu quelqu'un dans les incendies des labos. Et j'imagine que ça m'a touchée. Je sais ce que c'est d'enquêter sur les petits secrets honteux du gouvernement quand ça concerne un être cher.

« Au chocolat, mon parfum préféré », dit une voix

grave derrière moi.

Je ne sursaute pas. J'ai l'habitude qu'il apparaisse comme par magie. En revanche, je n'ai pas l'habitude qu'il s'approche autant. Si je ne pensais pas être folle, je pourrais jurer qu'il s'est penché pour respirer mon parfum.

Quand je me tourne, son visage est trop proche du mien. Ses yeux verts semblent devenir bleu glace sous le soleil.

Merde.

Ouais, il est plus sexy que je m'en souvenais. Avec son T-shirt noir qui s'étire sur ses muscles durs et sa casquette baissée sur son front, il a tout du surfeur californien bien gaulé.

Il me vole ma crème glacée et la goûte d'un grand coup de langue. Hum, il se passe vraiment un truc. On partage presque notre salive.

Est-ce qu'il flirte avec moi ?

Oh, c'est gonflé après avoir manqué notre réunion matinale à cause de son coup d'un soir. Je n'aurais jamais pris Dune pour un homme à femmes, mais ce n'est pas surprenant. Les agents spéciaux ne pouvant pas avoir de relations sérieuses, ils deviennent souvent des coureurs, qui baisent où ils veulent et dès qu'ils en ont envie.

Connard.

Je me tourne pour le regarder et le vois engloutir ma glace en une bouchée. Je ne savais pas qu'on pouvait manger un cône glacé si vite.

Bon, on ne partagera pas notre salive.

Il a la décence de paraître penaud alors qu'il se lèche les doigts.

« Je t'en achèterai une autre. »

Je lève les yeux au ciel. « Te fatigue pas. Je l'ai achetée pour donner le change.

— Quelle est la mission ? »

Même s'il reste toujours professionnel, mon agacement refait surface.

« On l'a peut-être perdue à cause de ton absence de ce matin. »

Son expression reste impassible. Sous la casquette, ses yeux continuent de parcourir le paysage comme s'il enregistrait chaque personne qui passe et le moindre détail sur ce qui nous entoure. Merde, il est tellement *vigilant*.

« Je vais arranger ça. Quelle est la mission ? »

Le truc, c'est que je le crois. Je suis sûre qu'il arrangera ça. C'est un agent qui obtient des résultats, c'est pour ça qu'il touche un paquet de pognon.

Je suis pourtant toujours de mauvaise humeur. J'allume ma tablette et lui montre l'écran. « La cible est Lucius Frangelico. Il habite à Hollywood. Occupation inconnue. Potentiellement mafieux ou trafiquant de drogue. En tout cas, il trempe dans quelque chose, c'est certain. Ils veulent qu'il soit mis sous écoute et suivi.

— Pourquoi on doit s'en occuper ? C'est pas plutôt une mission pour le FBI ?

— Il a des liens avec Al-Qaïda. Il voyage à l'étranger et il vend peut-être des armes. C'est une enquête préliminaire.

— Je m'en charge.

— Ouais, par contre, il a quitté la Californie cet après-midi en jet privé. Donc, tu vas aussi devoir le retrouver. »

Il hoche la tête, très sérieux. « Je le ferai. »

J'en suis sûre. Je lui fais entièrement confiance. Et j'ai toujours l'impression qu'il me doit des excuses pour ne pas s'être présenté à notre réunion ce matin.

Comme s'il pouvait lire dans les pensées en plus de tout le reste, il rencontre mon regard. « Je suis désolé pour ce matin. Ça ne se reproduira plus.

— Dune, je me fiche de ce que tu fais de ton temps

libre, mais quand je te demande de venir, tu viens. » Je peux être une chieuse quand l'occasion s'y prête.

Il frotte le début de barbe sur son menton, en jetant de petits coups d'œil dans toutes les directions sans bouger la tête. « Ouais, j'étais… coincé. »

J'arque un sourcil. « Elle était si douée que ça ? »

Il redresse brusquement la tête avec un air perplexe. « Quoi ? » Son éclat de rire me prend par surprise. Peut-être que lui aussi. Je détecte du soulagement dans sa voix, et range cette information dans un coin de ma tête pour l'examiner plus tard. « Non, je n'étais pas avec une femme… j'aurais bien aimé. Je veux dire… » Il s'interrompt et plonge ses yeux de jade dans les miens.

On se tait pendant une seconde, nos regards aimantés. Quelque chose palpite dans mon ventre. Ses narines s'évasent et un jeu de lumière donne à nouveau un éclat bleu à ses yeux. Je suis bouche bée. Son regard descend se poser sur mes lèvres.

« Ce n'était pas à cause d'une femme. » Sa voix est plus rauque que d'habitude.

« C'était à cause de quoi, alors ? » La mienne a perdu toute fermeté… elle a un timbre essoufflé que je trouve ridicule.

Il secoue la tête. « D'autre chose. » Il a soudain l'air fatigué, presque abattu.

Je suis stupéfaite par mon besoin de le réconforter, de découvrir quels démons hantent ce guerrier courageux. Que cache ce masque impénétrable de force et de compétence ?

« Écoute. » Il touche ma nuque, juste sous le nœud de mon débardeur. Ce contact léger déclenche une décharge électrique à travers mon corps, des frissons de plaisir courent sur ma peau. Je sais que c'est seulement pour les apparences, qu'on joue le rôle d'un couple qui flirte à la plage, mais la pulsation entre mes jambes ne le comprend pas. « J'aimerais te remercier pour ton aide le mois dernier. Tu as contribué à secourir un enfant kidnappé, donc… ça a été utile. »

Je me demande qui est l'enfant qu'il a secouru et envisage différentes hypothèses. Le sien ? Celui d'un ami ? Cependant, je ne peux me concentrer que sur les cercles qu'il trace légèrement sur ma peau. J'ai du mal à respirer.

« Contente d'avoir pu aider.

— À charge de revanche. Viens me voir quand tu auras besoin d'un service. »

Mes tétons se dressent. « Je le ferai. » Ma voix retrouve son assurance, mais pour une raison inexplicable, je choisis ce moment pour rougir. Peut-être à cause de son regard pénétrant, comme s'il essayait de deviner quel genre de service je pourrais bien lui demander.

J'espère de tout cœur ne jamais avoir besoin de le faire, mais le dossier que j'ai obtenu pour lui n'est pas le seul fichier censuré que j'ai hacké. Et étant donné pour quel département du gouvernement je travaille, les conséquences pourraient être plus sévères qu'une tape sur les doigts. On ne sait jamais.

Avoir un ami capable de protéger ma vie pourrait se révéler utile.

« Tu m'as transféré les infos ? demande-t-il en pianotant sur la tablette, de retour sur le boulot.

— Oui. Dis-moi quand tu les auras reçues.

— Bien sûr. » Il commence à s'éloigner, puis se retourne. « Annabel ? »

C'est la première fois qu'il m'appelle par mon prénom. Ça me fait le même effet que s'il me tenait à la gorge… mais d'une manière sensuelle. Il réquisitionne toute mon attention ; mes mamelons durcissent de plus belle, ma peau se couvre de chair de poule.

« Tu as des ennuis ? »

J'hésite, puis secoue la tête. *Pas encore.*

Il acquiesce. « Tu me le diras quand il faudra que je le sache. »

Et il s'en va, se mêle aux passants et disparaît aussi vite qu'il était arrivé.

En effet. Je le lui dirai quand il faudra qu'il le sache.

J'espère sincèrement que ce jour n'arrivera jamais.

Dans ce cas, pourquoi suis-je déçue de ne *pas* partager mon secret avec lui ?

***

La Mission de l'Alpha ~ Prochainement
LE MONSTRE LA VEUT. RIEN NE L'ARRÊTERA.

Je suis devenu un monstre.

J'entends le sang battre dans les veines des gens. Je sens l'odeur de leurs émotions.

Je veux me nourrir. Chasser. M'accoupler…

Je ne suis plus humain… ma vie est finie.

J'ai quitté tous ceux que j'aime. Je me suis désolidarisé de la CIA.

Mon agente de liaison est mon seul espoir.

Annabel Gray est assez coriace pour tenir tête à mon monstre. Si je perds le contrôle, elle n'hésitera pas à me supprimer. Mais je ne suis pas le seul prédateur. Quelqu'un traque Annabel.

Elle a besoin de ma protection.

Mais si je ne parviens pas à maîtriser mon animal, je serai peut-être le plus gros danger qu'elle devra affronter.

Abonnez-vous à la newsletter de Renee

Abonnez-vous à la newsletter de Renee pour recevoir livre gratuit, des scènes bonus gratuites et pour être averti·e de ses nouvelles parutions !

OUVRAGES DE RENEE ROSE PARUS
EN FRANÇAIS

www.reneeroseromance.com/francaise/

Les Nuits de Vegas
Roi de carreau
Atout cœur
Valet de pique
As de cœur
Joker Mortel
Dame de trèfle

La Bratva de Chicago
Prélude
Le Directeur
Le Stratège

Alpha Bad Boys
La Tentation de l'Alpha
Le Danger de l'Alpha
Le Trophée de l'Alpha
Le Défi de l'Alpha

L'Obsession de l'Alpha

L'Amour dans l'ascenseur (Histoire bonus de La Tentation de l'Alpha)

Le Désir de l'Alpha

La Guerre de l'Alpha

La Mission de l'Alpha

Le Ranch des Loups

Brut

Fauve

Féral

Sauvage

Féroce

Impitoyable

Indomptée (libre)

Maîtres Zandiens

Son Esclave Humaine

Sa Prisonnière Humaine

Le Dressage de Son Humaine

Sa Rebelle Humaine

Sa Vassale Humaine

À PROPOS DE RENEE ROSE

RENEE ROSE, AUTEURE DE BEST-SELLERS D'APRÈS USA TODAY, adore les héros alpha dominants qui ne mâchent pas leurs mots ! Elle a vendu plus d'un million d'exemplaires de romans d'amour torrides, plus ou moins coquins (surtout plus). Ses livres ont figuré dans les catégories « Happily Ever After » et « Popsugar » de USA Today. Nommée *Meilleur nouvel auteur érotique* par Eroticon USA en 2013, elle a aussi remporté le prix *d'Auteur favori de science-fiction et d'anthologie* de Spunky and Sassy, e celui de *Meilleur roman historique* de The Romance Reviews. Elle a fait partie de la liste des meilleures ventes de USA Today sept fois avec ses livres Wolf Ranch et plusieurs anthologies.

Abonnez-vous à la newsletter de Renee pour recevoir des scènes bonus gratuites et pour être averti·e de ses nouvelles parutions!

https://www.subscribepage.com/reneerosefr

À PROPOS DE LEE SAVINO

Lee Savino, auteure figurant sur la liste des bestsellers de USA Today, écrit des romans d'amour « brixy », c'est-à-dire « brillants et sexy ». Vous pouvez la trouver en train de rôder sur sa page d'auteure là : https://www.facebook.com/Lee-Savino-Auteur-110048237376905/